Einleitung:

Es ist Samstagabend, Ashley bereitet sich wieder einmal auf ihr langersehntes Wochenende vor. Zusammen mit einer Freundin verabredet sie sich in ihrem Stammclub "Unheilbar". Während einer riesigen Partynacht stürzt sie sich jedoch Hals über Kopf in einen Rachefeldzug, der in ihrem Leben Gefühls-, chaotische Narben hinterlässt. Wird sie den Kampf gewinnen?

AF209003

Kapitel 1   *Der Racheplan!*

Mit kurzem schwarzen Rock, einem vielsagendem Oberteil und knielangen Stiefeln gekleidet, machte sich Ashley auf den Weg in den Club Unheilbar. Durch einen kleinen Treppenaufstieg, an deren Ende immerzu zwei oder drei Türsteher zu finden waren, konnte man durch eine große Türe, rechts am Treppenende in die Unheilbar gelangen. Ein extrem kleiner Vorraum bildete den Raum zum Kassieren. Hier hatten etwa sechs Menschen Platz, die schubweise eingelassen wurden. Wenn man dann den Hauptraum betrat, erwartete einen schon der nächste Türsteher der zusah, ob alles nach dem rechten läuft. Der Raum war groß. Auf der linken Seite führte in der Mitte nochmals ein Gang noch weiter nach hinten, wo sich Lager und Toiletten befanden. Schräg links sah man eine lange Bar die fast bis zur Mitte des Raumes reichte und an deren Ende sich genau auf der Theke, eine lange Stange zum Tanzen empor hob. Rechts konnte man durch ein kleines Fenster, hinter dem sich noch ein Raum verbarg, seine Jacken abgeben. Direkt daneben befand sich ein mittelgroßes Podest an der Wand auf dem man ebenfalls Tanzen konnte. Genau rechts neben dem Eingang trennte ein Geländer die normale Tanzfläche von einer Treppe die zu einem weiteren Raum im Keller führte. Am Treppenende fand man rechts einen eher bequemen Platz. Hier war es nicht ganz so warm.
Rechts stand die "Alkoholiker Bar" wie sie die meisten nannten und links am anderen Raumende waren fünf Sofas
im Halbkreis aufgestellt mit drei kleinen Tischen und
jeweils einem Hocker dazu.
Der Club war bereits fast voll als Ashley eintraf und einen Moment später hatte sie auch schon ihrer Freundin Michelle entdeckt. Ashley kannte sie schon seit sie ein kleines Kind war. Michelle war für Ashley wie eine zweite Mutter, die sie immer beschützt, obwohl sie nur ein Jahr älter war. Mittlerweile waren beide Frauen groß und schlank gebaut. Während Michelle ihre Haare kurz und schwarz trug, fielen Ashley lange, blonde, naturgelockte Haare über die Schultern. Beide hatten blaue Augen, wobei Ashleys Augen je nach Stimmung sich mit einem grau oder Grünton mischten. Ausgelassen und glücklich, darüber

sich wieder zu sehen, tranken die beiden ein Getränk nach dem anderen und plauderten miteinander. Als der Abend so richtig in Stimmung kam entdeckte Michelle einen Freund und erzählte Ashley wie enttäuscht sie von diesem Mann ist. "Jedes Wochenende hat er eine andere im Bett, er ist einfach unverbesserlich,,, meinte sie. Genau musternd schaute Ashley sich den Mann an, von dem ihre Freundin Sprach. Sie kannte ihn von früher.

Vor ein paar Jahren fand man Ashley und Michelle immer wieder bei den "plairesange" Brüdern, wie man sie in der Umgebung nannte. Insgesamt gab es drei Brüder die aus Italien kamen, Phillip, Darel und Matthew. Phillip und Darel wohnten zusammen in einer Wohnung, in der sie öfter von Michelle und Ashley besucht wurden. Matthew hingegen war der älteste von ihnen und hatte seine eigene kleine Wohnung. Er war recht groß, hatte kurze, dunkelblonde Haare und blaue Augen.

An diesem Abend trug er ein eng anliegendes, schwarzes T-Shirt, das seinen braun gebrannten, sportlichen Oberkörper besonderst gut zur Geltung brachte, sowie eine Jeanshose, in der man sofort seinen strammen Hintern bemerkte. Genau die Sorte MANN auf die die Frauen reinfallen, dachte sich Ashley. Sie hasste solche Männer, denn davon kannte sie mehr, als für sie gut war. Ashley war seit zwei Jahren solo und hatte viele unglückliche Erfahrungen mit Männern gemacht. In ihrem ganzen Leben hatte sie nur einen Mann richtig Lieben können. Thomas, von ihm fühlte sie sich geliebt doch aus irgendeinem Grund den sie bis heute noch nicht wusste, hatte sie ihn fortgeschickt. Seit dieser Zeit liebte sie es mit Männern ein wenig zu spielen. "Ein Mann, der es schafft, gegen meine Spielchen anzukommen, ihnen stand zu halten und es gleichzeitig bewältigt, meine Schutzmauer zu brechen und mich bei sich zu halten. Das ist der Mann dem ich mein Herz schenken werde!" sagte Ashley sich selbst. Ihre Gedanken schweiften zu ihrer kleinen Cousine die vor kurzem geheiratet hatte und nun schon ihr erstes Kind bekam. Bei ihrer Hochzeit musste sich Ashley immer wieder Sätze wie "Wann heiratest du endlich?", „Die Nächste bist du", „ich bin gespannt wie deine

Hochzeit wird", anhören. Bei dem Gedanken schnitt sie eine Grimasse. Plötzlich kam ihr eine Idee, "Michelle, hör mir zu, ich habe einen Plan." Michelle nippte an ihrem Bier. "Ach ja? Was hast du denn jetzt schon wieder vor?" Ashley stellte aufgeregt ihren Vodka Bull auf den Tisch. "Ganz einfach, wollen wir doch mal sehen, wie er sich fühlt, von einer Frau mal so behandelt zu werden." Michelle runzelte die Stirn. "Und wie willst du das bitteschön anstellen?" Ashley nahm einen letzten großen Schluck aus ihrem Glas und erklärte:" Na, was ist das schlimmste für einen Mann? Ich lasse ihn im Glauben das ich mich von ihm angezogen fühle, baggere ihn richtig an und wenn er mich dann abschleppt, lasse ich ihn im Bett eiskalt liegen und schlafe!" Ashley und Michelle warfen sich einen vielsagenden Blick zu und lächelten. "Na dann, versuch dein Glück. Ich glaube jedoch nicht dass es funktioniert." Ashley schaute sie fragend an aber Michelle fügte schnell hinzu:" Versuchs einfach." und lachte. Gesagt, getan, schon begab sich Ashley in Richtung Matthew. Doch wie sich im Laufe der Zeit herausstellen sollte, war ihre Idee alles andere als gut.

Kapitel 2 *Panik! Wird Ashleys Plan gelingen?*

Am Anfang lief alles nach Plan und es war wie immer ein Kinderspiel diesen "Matthew" auf sich aufmerksam zu machen. Doch der Alkohol den Ashley bereits getrunken hatte, schien schneller als sonst seine Wirkung zu zeigen. Also beschloss sie kurzer Hand mit Matthew ein wenig zu tanzen, wobei sie insgeheim hoffte, dass sie so ein wenig Alkohol rausschwitzen könnte. Es half jedoch alles nichts und nach einer Weile, sank sie völlig erschöpft auf einem der Sofas nieder. Matthew setzte sich zu ihr und streichelte ihre Hand. Als sie zu ihm aufsah trafen sich ihre Blicke. Was für wunderschöne Augen, schoss es Ashley durch den Kopf. Oh Gott ich sehe bestimmt schrecklich aus! Gleich wird er gehen wenn er sieht wie betrunken ich bin. Schnell schloss sie die Augen und senkte ihr Kinn um seinem fesselnden Blick zu entgehen. Aber ehe sie sich versah schob Matthew zärtlich ihr Kinn mit den Fingern zu sich nach oben und küsste sie. Ein leichtes Kribbeln fuhr ihr von den Lippen aus durch den ganzen Körper hinab. Kurz darauf lagen sie sich, stürmisch und sanft küssend zugleich, in den Armen. Alles drehte sich um sie herum. Das Kribbeln in Ashleys Körper wurde immer größer, je öfter Matthew sie küsste. Ich darf nicht schwach werden, dachte sie sich, es ist alles nur ein Spiel, die Rache für all die anderen unglücklichen Frauen!
Die Partynacht begann zu Ende zu gehen und Ashley war froh etwas Abstand von Matthew zu bekommen, um sich von ihrer Freundin Michelle verabschieden zu können. Mit neugierigem Blick erwartete Michelle Ashley bereits. "Und? Wie ist es gelaufen? Ich habe euch auf dem Sofa gesehen." Ashley versuchte, sich nicht anmerken zu lassen, das sie fast die Kontrolle verloren hätte und meinte:" Es läuft alles nach Plan! Er hat gesagt dass ich bei ihm schlafen könne. Wir gehen noch mit seinem Bruder Phillip und ein paar anderen zur Tankstelle und dann fahr ich mit ihm nach Hause." Michelle zwang sich zu einem schrägen lächeln. "Pass aber auf dich auf süße, ja?" sie machte sich sorgen. "Ja klar, weißt du doch!" antwortete Ashley. Warum zur Hölle noch mal sagen das immer alle zu mir? Schloss sie in Gedanken. Das war einer der Sätze die sie sich

ständig anhören musste.....Pass auf dich auf Ashley, bau kein
Scheiß Ashley.....dabei wusste sie nicht, aus welchem Grund.
Schnell umarmte sie ihre Freundin und machte sich dann mit
Matthew und ein paar anderen auf den Weg nach draußen. An
der frischen Luft wurde ihr Schwindelgefühl etwas besser,
trotzdem musste sie aufpassen nicht das Gleichgewicht zu
verlieren. Hand in Hand liefen Ashley und Matthew mit den
anderen zum Auto. "Hey, was geht bei euch ab?" meinte Phillip
plötzlich, "bist du jetzt mit meinem Bruder zusammen?" fragte
Phillip mit dem Blick zu Ashley gewand. "Ich mit ihm!" piepste
Ashley in hohen Tönen und richtete den Finger auf Matthew.
"Ne ne, der hat doch eh jedes Wochenende ne andere!" bemerkte
Ashley grinsend. Matthews Augen weiteten sich und starrten
Ashley an. Phillip konnte sich ein lautes Lachen nicht
verkneifen. "Das stimmt doch überhaupt nicht! Ich hab nicht
jedes Wochenende eine andere und außerdem bin ich solo, da
kann ich ja machen was ich will! Wer erzählt so was
überhaupt?" reagierte Matthew nun wieder. Ohne auf die letzte
Bemerkung einzugehen antwortete Ashley, immer noch
grinsend:" Ach ja? Und wer war die Dame die ich letzte Woche
knutschend mit dir gesehen habe? Mit der hast du rum gemacht
obwohl du ne Freundin hattest." Michelle hatte ihr davon
berichtet, da sie mit Ashley an diesem Wochenende ebenfalls
dort war. Was Matthew jedoch nicht wusste, war, das Ashley
dafür gesorgt hatte das dieses Mädchen nach Hause ging.
Michelle hatte ihr erklärt das Matthew mit Michelles Freundin
zusammen sei und sie in diesem Moment geschrieben hatte,
Michelle solle auf Matthew ein Auge haben. Kurzerhand hatte
Ashley angeboten zu helfen und ging dem Mädchen auf die
Toilette hinterher, um sie aufzuklären. "Ich kann auch anders
wenn ich will!" meinte Matthew. Am Auto angekommen
mussten sie sich zu sechst ins Auto quetschen, was Ashley
gerade recht kam, da ihr nichts anderes übrig blieb als auf
Matthews Schoß zu sitzen. Auf dem Weg zur Tankstelle ging die
Party im Auto weiter. Sie redeten, machten Witze und lachten
miteinander. Als Matthew in die Tankstelle lief um allen etwas
zu trinken zu holen, plauderte Ashley mit Matthews Bruder

Phillip. "Hey, wir haben uns ja schon ne weile nicht mehr gesehen, was treibst du so?" fragte Phillip. "Ach nicht viel, unter der Woche Schule und am Wochenende immer Unheilbar." In der Zwischenzeit kam Matthew wieder und fing an sich mit seinen Kumpels zu unterhalten, während Ashley mit Phillip weiter plauderte. "Sag mal wie kommst du eigentlich zu Matthew?" Ohne über die Folgen ihrer Worte nach zu denken, flüsterte sie Phillip ins Ohr:" ich mache das doch nur aus Rache für Michelle, Matthew hat auch mal einen Denkzettel nötig!" Phillip begann zu lachen und prustete nur so vor sich hin. Während er lachte, brüllte er irgendetwas, in seiner Heimatsprache, zu Matthew rüber. In diesem Moment begriff Ashley das es ein Fehler war Phillip davon zu erzählen. Doch Matthew zog nur eine fragende Miene, schüttelte den Kopf und erwiderte:" Aha". Na toll, jetzt hat er ihm alles erzählt, schwirrte es Ashley durch den Kopf. Matthew schien es jedoch nicht weiter zu stören. Mit Wucht stieß Ashley Phillip zurück. "Hey, ich kann zwar eure Sprache nicht aber ich bin nicht blöd! Du bist so doooof!" sagte sie durch zusammen gebissene Zähne. Phillip und Matthew schmunzelten erst sich, dann Ashley an. Ashley versuchte ebenfalls ein lächeln über ihre Lippen zu bringen. Als alle leer getrunken hatten, machten sie sich auf den Weg nach Hause. Kaum zu Hause angekommen, dauerte es nicht lange bis Matthew seine Kleider fallen ließ und zur Sache kam. Schließlich wusste er nun was Sache war und dies bedeutete für ihn nur, eine noch größere Herausforderung. Zärtlich fing er an sie zu streicheln und zu liebkosen, während er sie langsam entblößte. Bei jeder Berührung, von seinen Händen oder Lippen, zuckte Ashley zusammen. Sie drohte ihre Beherrschung zu verlieren. Wie war das möglich? Wie konnte dieser Mann nur so mühelos ihre Selbstbeherrschung einstürzen lassen? Panik ergriff sie, irgendetwas musste passieren, dass sie sich wieder unter Kontrolle bekam! Mit aller Kraft löste sie sich aus seiner verlangenden Umarmung und meinte mit schwer atmender Stimme:" Ich kann nicht! Ich verhüte nicht mehr, seit ich solo bin." Er sah sie entzückt an und zog sie wieder an sich. Sofort sank sie abermals kraftlos in seine starken Arme, ohne sich wehren zu können. Kurz darauf liebten sie sich und Ashley glaubte bei jeder Bewegung mehr den Verstand zu verlieren. Alles um sie herum schien in diesem Moment völlig egal zu sein. Am Ende, glitt sie total erschöpft auf ihn herab, kuschelte sich an ihn und schlief ein. Am nächsten Morgen bot Matthew an, Ashley nach Hause zu fahren. Auf dem Heimweg breitete sich Enttäuschung in Ashley aus, das in Wut auf sich selbst überging. Wie konnte sie nur so schwach werden und so kopflos sein, ohne zu verhüten, mit einem Mann zu schlafen, der sie nicht einmal liebte! Für den alles nur Spaß und Vergnügen war. Das schlimmste war jedoch, dass er von ihrem Plan gewusst hatte und sie schamlos für sein Vergnügen missbraucht hatte.

Kapitel 3   *Das Eingeständnis und ihre Folgen*

Den ganzen Tag versuchte sie sich auf andere Gedanken zu bringen aber egal was sie tat, die Nacht mit Matthew wollte ihr einfach nicht aus dem Kopf gehen. Mit ausreden wie: Es war doch nicht mal so toll... oder..... Es war einfach nur Spaß, wie mit irgendeinem anderen…, wollte sie sich vor sich selbst verteidigen. Doch schon bald wurde ihr klar, das sie von dieser ganzen, ihr unbekannten Zärtlichkeit die Matthew ihr in dieser Nacht mitteilte so verwirrt wurde das sie es nicht bei diesem eiskalten Plan belassen konnte. Sie wollte mehr über ihn erfahren. "Das ist unmöglich, nein, ich bin nur ein wenig verwirrt, mehr nicht!" sagte sie sich selbst und ging schlafen. Die restliche Woche lief nicht anders ab. Immerzu sah sie Matthew vor sich, dachte an diese eine Nacht. Einerseits versuchte sie sich abzulenken und andererseits, ertappte sie sich immer wieder dabei wie sie versuchte Pläne zu schmieden um genau diesen Abend zu wiederholen. Irgendwann konnte sie nicht mehr leugnen, dass sie sich nicht wenigstens angezogen von Matthew fühlte. Ashley hatte das Gefühl mit jemandem reden zu müssen und so beschloss sie ihre alte Freundin Seline anzurufen. Seline war in der Grundschule Ashleys Nebensitzerin. Zusammen haben sich die beiden durch ihre harte Grundschulzeit geschlagen und gingen durch dick und dünn. Irgendwann jedoch, als sie in die Hauptschulzeit übergingen und ihre Wege sich trennten verlor sich der Kontakt, denn beide kamen in andere Gesellschaftskreise. Seline wurde schwanger und bekam eine kleine Tochter die sie allein erzog, während Ashley weiter zur Schule ging und später eine Ausbildung als Einzelhandelskauffrau begann. Eines Abends bekam Ashley einen Anruf und Seline meldete sich am anderen Ende. Sie unterhielten sich, was beide in der Zwischenzeit gemacht hatten und kamen zu dem Entschluss das sie mittlerweile wieder beide allein waren und nicht wussten was sie vor lauter allein sein machen sollten. So kam es, das sie beschlossen sich wieder häufiger zu treffen um ihre Freundschaft wieder aufblühen zu lassen und füreinander da zu sein. Seline war etwas älter als Ashley aber kleiner und schmäler gebaut. Über ihre Schultern fielen dunkle glatte Haare die ihre blauen Augen gut zur Geltung brachten. "Hei Seline, bei mir ist am Wochenende richtig viel passiert. Ich bin total verwirrt und musste dich einfach anrufen." sprach Ashley in den Hörer. "Hei süße, schön das du anrufst. Erzähl doch mal, was ist am Wochenende gewesen?" Ashley erzählte Seline die ganze Geschichte und war froh das sie wieder Kontakt zueinander hatten. Leider konnte Seline am Wochenende nicht immer mit Ashley zusammen weggehen, da Kevin, der Vater von Selines Tochter nur jedes zweite Wochenende auf die kleine aufpasste. Nach einem ausgiebigen Stundengespräch gab Seline ihr den Rat, Matthew einfach zu fragen ob sie dieses Wochenende wieder bei ihm übernachten könnte. Ashley befolgte ihren Rat und als Matthew zustimmte freute sie sich riesig. Nach diesem Wochenende das Gefühl, endlich den Platz gefunden zu haben, an den sie gehörte. Matthew ging ihr einfach nicht mehr aus dem Kopf, es kam ihr vor als würde sie träumen und sie wollte nie mehr aufwachen. Sie stellte sich die Frage, ob es Liebe auf den ersten Blick wirklich gibt oder ob manche Menschen es einfach nicht sofort merken, das sei einen Menschen lieben, sondern es nur versuchen zu leugnen. Das dritte Wochenende jedoch brachte Ernüchterung.

Wieder einmal machte Ashley sich auf den Weg in ihren Stammclub. Doch diesmal ging sie nicht alleine. Kevin hatte dieses Wochenende zugestimmt Selines Tochter zu nehmen und so konnte Ashley mit Seline zusammen in den Club. Sie hatten sehr viel Spaß zusammen. Sie holten etwas zu trinken, setzten sich erst einmal gemütlich auf ein Sofa und erzählten sich alles was seit dem letzten Telefonat passiert war. Eine Weile später kam Matthew zu ihnen, um beide zu begrüßen. Ashleys Gesicht fing regelrecht an zu strahlen, denn bevor sie in den Club kam, hatte sie mit Matthew abgemacht auch dieses Wochenende wieder bei ihm zu übernachten. Vor lauter Aufregung begann sie, eine Zigarette aus ihrer Schachtel zu zupfen und zündete sie an. Kaum hatte sie ihren ersten Zug genommen, bemerkte sie, dass sie bereits eine halb aufgerauchte Zigarette in der anderen Hand hielt. Als Seline Ashleys Missgeschick bemerkte, fing sie an zu lachen. Matthews Lippen formten sich zu einem breiten lächeln, als er sie ansah. In diesem Moment wäre Ashley am liebsten im Boden versunken und hielt schnell ihre Hand vor ihre Augen. "Oh man, ich bin noch nicht wirklich wach heute." versuchte sie sich heraus zu reden und drückte eine der Zigaretten wieder aus. "Ich komme gleich wieder, ich muss schnell auf die Toilette" meinte sie, um sich aus der Situation zu befreien. Bevor sie wieder zurück gehen wollte, atmete sie nochmals tief ein und schüttelte ihren Kopf, weil sie so unkonzentriert vor Matthew war. Als sie die Treppe herunter kam, sah sie Matthew plaudernd bei Franziska, einer alten bekannten von ihr, sitzen. Franziska war eine große, etwas mollig gebaute Frau, in Ashleys alter. Mit braunen Augen und strohigen langen braunen Haaren, die sie meist zu einem Zopf zusammen band. Franziska kam vom Land und war für lange Zeit in einem Spielmannszug Mitglied, genau wie Ashley. An diesem Abend trug sie, wie so oft, einen etwas breiteren grauen Pullover und eine schlichte Jeanshose. "Hei, na dich hab ich ja schon lang nicht mehr gesehen, wie geht's dir denn so?" begrüßte Ashley ihre Bekannte Franziska. "Och, ganz gut soweit und selbst?" kam ihre Antwort. In diesem Augenblick erzählte Ashley ihrer Bekannten, teilweise von ihren letzten Wochenenden mit Matthew und fing dabei wieder einmal zu schwärmen an. Als Matthew wieder kam, beschloss Ashley zurück zu Seline zu gehen und mit ihr oben ein wenig zu tanzen. Seline war keine begeisterte Tänzerin, sondern eher etwas schüchtern und zurückhaltend. Nach einer Weile meinte sie deshalb:" Ich geh wieder runter, du kannst ja dann nachkommen." "Ok ich komm auch bald nach!" rief Ashley ihr hinterher. Alles schien wie immer perfekt, doch als sie beschloss wieder zu Seline zu gehen, traf sie der Anblick, der sich ihr bot, wie ein Schlag ins Gesicht.

Matthew und Franziska saßen knutschend auf dem Sofa, fast an derselben Stelle, wo sie das erste Mal gesessen hatten. Ihre Augen füllten sich mit Tränen, die sie mühevoll versuchte zurück zu halten. *Was erwartest du? Ihr seid nicht einmal zusammen. Du wusstest, wie er ist und bist selbst Schuld! Das musste ja so kommen......*, sagte sie sich in Gedanken, noch immer wie festgewurzelt dastehend. Sie konnte doch jetzt nicht einfach nur so dastehen! Mit aller Kraft zwang sie sich zu einem gequälten lächeln und ging mit schnellen Schritten zu Seline, die sich ein Sofa weiter mit einem Freund unterhielt. Als sie bemerkte wie Ashley neben ihr in die Hocke ging um sich an ihren Knien fest zu halten, nahm sie ihre Hände und sah sie mitfühlend an. "Hast du die beiden gesehen?" fragte Ashley auf den Lippen kauend. "Ja" antwortete Seline, "es tut mir so leid Ashley, ich wünschte ich könnte dir irgendwie helfen!" Mit zitternder Stimme erwiderte Ashley:" Ich gehe jetzt an die Bar und besauf mich. Ich weiß nicht wie lange ich das sonst noch sehen kann!" Zügig lief sie zur Bar und bestellte sofort ein ganzes Tablett Joster, nahm es und eilte zurück zu Seline. "Komm, trinken wir zusammen" sagte sie zu Seline. "Nein danke, im Moment macht mich Joster überhaupt nicht an." So beschloss Ashley eben allein zu trinken. In kurzen Zügen trank sie ein Gläschen nach dem anderen, bis das Tablett leer war. "Das bringt gar nichts! Entschuldige Seline aber ich halte das einfach nicht aus!" In diesem Augenblick stand sie auf und lief auf Matthew zu, der gerade irgendetwas zu Franziska sagte. Langsam beugte Ashley sich zu ihm und flüsterte ihm ins Ohr:" Weißt du eigentlich WIE weh so was tut? Du bist so ein Arsch!" sah ihn mit gläsernen Augen an, drehte sich um und verschwand in Richtung Treppe. Auf dem Weg nach oben, griff Franziska nach ihrem Arm. "Es tut mir leid Ashley, ich will nichts von Matthew! Ich wollte ihn nur...mal probieren......" Das einzige was Ashley noch zwischen zusammengepressten Lippen sagen konnte war:" Ja, passt." Verbittert ging Ashley nach oben, in der Hoffnung, das niemand ihren Schmerz erkennen würde. Mit tanzen und trinken versuchte sie sich auf andere Gedanken zu bringen und als sie ihrer Bekannten gerade für ihr Verhalten vergeben wollte, entdeckte sie die beiden wieder küssend, Arm in Arm auf der Tanzfläche. Mit dem Gedanken, dass SIE heute Nacht und nicht Franziska, bei Matthew übernachten würde, versuchte sie sich zu beruhigen.

Kapitel 4   *Der Zorn und seine Qual!*

Ashley begleitete Seline zum Taxi und verabschiedete sich. Matthew machte sich schon vor ihr auf den Weg nach Hause, da er noch einen Kumpel, der in Deutschland nur zu Besuch war, unterbringen musste. Sie war erleichtert, dass sie alleine auf dem Weg zu Matthew, zur Ruhe kommen konnte. Als Ashley bei Matthew ankam, war er schon daheim und öffnete die Türe. Er bat sie herein und ging geradeaus, vorbei an Schlaf und Wohnzimmer, in Richtung Gästezimmer. *Na toll, jetzt ist er sauer auf mich. Warum konnte ich mir diesen Spruch nur nicht verkneifen!* Ashley nahm sich vor, noch in dieser Nacht, mit Matthew darüber zu reden und sich zu entschuldigen. "Kann ich mit dir reden?" fragte Ashley unsicher. "Ja...klar" antwortete Matthew und schloss die Gästezimmertür hinter sich. Als beide es sich auf der Matratze bequem gemacht hatten, fing Ashley an zu reden. "Es tut mir leid, dass ich dich vorher so angemacht habe. Aber sag mir mal bitte WORAN ich an dir bin?!" Matthew atmete tief ein, überlegte kurz und antwortete:" Du bist für mich.....wie eine Freundin." Ashley verstand nicht, "wie? Wie eine Freundin? Wie DEINE Freundin oder sozusagen wie ein Kumpel?" Plötzlich hatte Ashley das Gefühl, das hier irgendetwas nicht stimmte, etwas war anders als sonst. Ein kurzer Gedankenstoß ließ alle Farbe aus ihrem Gesicht weichen und sie stammelte:" Kann......kann es sein, das Franziska in deinem Schlafzimmer liegt?", zaghaft antwortete er:" Ja." Eine Welle von Wut und Verzweiflung ließ ihren Körper erzittern, Tränen kullerten ihre Wangen hinunter. Sie hatte das Gefühl zu ersticken. "Raus, ich muss raus hier." sagte sie sich in Gedanken und sprach die Worte unbemerkt aus. Sie nahm nichts mehr im Zimmer wahr und stürmte fluchtartig durch die Gästezimmertür. Zwei Schritte weiter, stand Franziska, inmitten der Schlafzimmertüre. "Du kannst da bleiben, ich gehe. Macht das unter euch aus." "Es ist mir Scheiß egal was du tust Franziska!" schoss es böse über Ashleys Lippen und sie sprang zur Tür hinaus. Kaum war sie draußen drohte sie zusammen zu brechen und so lehnte sie sich gegen die Hausmauer an der sie zu Boden sank. Ihre Tränen wollten nicht versiegeln, sondern rannen, eine nach der anderen, ihre Wange hinab. Ein Gefühl von Demütigung, Dummheit und Verzweiflung, durchströmten ihren Körper. Nach einigen Minuten beschloss sie, noch einmal, ihre ganze Kraft auf zu bauen um Franziska zu zeigen, das sie so etwas nicht einfach hin nahm. Um sich wenigstens ihren Stolz, ihre Würde wieder zu holen, ging sie zurück an Matthews Haustüre und klingelte, in der Hoffnung sie zu stören. Als Matthew vor ihr stand, bemerkte sie wie sie langsam wieder unsicher wurde und erklärte ihm schnell, das sie Franziska sprechen wollte. Kurz darauf stand Franziska in der Tür. *Von wegen sie wollte gehen,* dachte Ashley und in ihren Augen blitzte kalter Hass auf. "Sieh zu.....das du mir nie, ich wiederhole…, nie mehr unter die Augen trittst. Ansonsten verliere ich mich, das schwöre ich dir!" zischte Ashley durch zusammen gebissene Zähne. Matthew trat hervor, während Franziska sich erschrocken zurück zog. "Danke...dass du hier keine Szene gemacht hast", meinte er nur. "Mmmhh" brummte Ashley, während sie sich umdrehte und ging. Doch wo sollte sie hin? Sie beschloss zu Phillip zu gehen, der mit Darel nur einen Stock weiter oben wohnte. Darel öffnete ihr die Tür und ließ sie herein. Als sie sich gerade auf das Sofa zum schlafen legen wollte, bemerkte sie, das Phillip, ebenfalls weiblichen Besuch hatte und seinem natürlichen Trieb folgte. Dies wollte sie sich nun wirklich nicht antun verließ sie die Wohnung wieder. Total verzweifelt, setzte sie sich auf die Stufen im Treppenhaus, umklammerte die Bilder, auf denen Matthew und sie küssend in der Unheilbar abgebildet waren und schlief ein. Die Bilder hatte sie bis heute immer bei sich. Am nächsten Morgen weckte sie Darel, der von einem Nachbarn informiert wurde, das Ashley immer noch im Treppenhaus schlief. "Hey, warum schläfst du den HIER? Komm mit nach oben und wärm dich erst mal auf" sagte Darel. Um nicht den wahren Grund erzählen zu müssen, warum sie im Treppenhaus schlief, versteckte sie schnell die Bilder, die mittlerweile auf dem Boden lagen und antwortete nur:" Ich habe mich gestern Nacht ausversehen ausgeschlossen." Dankbar darüber, das sie endlich ins warme kam, kuschelte sie sich auf das Sofa und schlief bis zum Nachmittag. Matthew kam ebenfalls gegen Nachmittag zu Darel und Phillip doch genau wie er, hatte Ashley keine Lust mit ihm zu reden. Am Abend als sie endlich zu Hause war, telefonierte sie mit Seline, um wenigstens etwas Trost zu finden, bevor sie abermals erschöpft ins Bett fiel und versuchte, zu vergessen.

Kapitel 5 *Die Hoffnung*

In der nächsten Woche hatten sich Ashley und Matthew auf Freundschaft geeinigt und verbrachten die folgenden fünf Wochen, jedes Wochenende zusammen. Ashley hatte das Gefühl, dass wenn sie mit anderen Männern feierte, Matthew sie eher bei sich übernachten ließ. Also verabredete sie sich immer öfter mit Muskelbepackten Männern oder suchte sich einen gutaussehenden Mann heraus, von dem sie glaubte, dass er Matthew eifersüchtig machen könnte. In Wahrheit wusste sie genau, dass dies nicht der Fall war aber der Versuch zählte. Hin und wieder lernte sie auch einen Mann kennen, von dem sie glaubte er könne ihr helfen über Matthew hinweg zu kommen. Dies erwies sich jedoch immer als Reinfall. Diese Männer konnten noch so höflich und bezaubernd sein, ihr Herz war immerzu bei Matthew. Wenn sie am Wochenende allein bei ihm war, weil er weg musste oder ein Fußballspiel hatte, begann Ashley sich die Zeit mit putzen zu vertreiben oder zu chatten. An einem dieser Tage wollte sie nebenbei eine Musikliste am Computer zusammen stellen wie sie es schon einmal getan hatte. Aus irgendeinem Grund fand sie diesesmal jedoch das Programm nicht das sie suchte und stieß stattdessen auf eine Datei in der Matthew alle Chattgespräche gespeichert hatte. Ashley konnte der Versuchung nicht widerstehen, sie wollte Matthew endlich besser verstehen. Neugierig lass sie Zeile für Zeile, je mehr sie lass, umso mehr berührte sie das Geschriebene. Die Person mit der Matthew hier geschrieben hatte musste seine damalige Freundin gewesen sein. Immer wieder zitierte er Strophen aus alten Liedern. Eines davon war Ashleys Lieblingslied. Sie markierte die Zeilen und ließ sie ausdrucken:

Matthew_plairesange: TURN AROUND
Every now and then I get a little bit lonely
and you're nerver coming round.
Matthew_plairesange: TURN AROUND
Every now and then I get a little bit nervous

that the best of all the years have gone by.
Matthew_plairesange: TURN AROUND
Every now and then I get a little bit terrified
and then I see the look in your eyes
TURN AROUND, BRIGHT EYES
Every now and then I fall apart.
TURN AROUND, BRIGHT EYES
Every now and then I fall apart.
Matthew_plairesange: TURN AROUND
Every now and then I get a little bit restless
and I dream of something wild.
TURN AROUND
Every now and then I get a little bit helpless
and I´m lying like a child in your arms.
TURN AROUND
Every now and then I get a little bit angry
and I know I´ve got to get out and cry.
TURN AROUND
Every now and then I get a little bit terrified
but then I see the look in your eyes.
TURN AROUND, BRIGHT EYES
Every now and then I fall apart.
TURN AROUND, BRIGHT EYES
Every now and then I fall apart.
Matthew_plairesange: And I need you now tonight
and I need you more than ever
and if you only hold me tight
we´ll be holding on forever.
And we´ll only be making it right
´cause we´ll never be wrong

I think love is a game, Love is a motion
endless and so deep, always emotion.......

Langsam liefen Ashley Tränen die Wangen hinunter. Bei jeder
Zeile mehr. Doch diesmal nicht aus Traurigkeit, sondern weil
diese Zeilen ihr Herz aufblühen ließen. *Ich wusste es doch!*
Matthew Plairesange, du bist nicht der gemeine Kerl den du
immer allen vorspielst!"
An all diesen Wochenenden kam keine andere Frau mehr zu
Matthew, außer Ashley. Hin und wieder bekam sie sogar seinen

Haustürschlüssel wenn er nicht da war. Je öfter sie zusammen waren und sich liebten, bekam Ashley immer mehr das Gefühl, als würde der Sex intensiver und von mal zu mal schöner zwischen ihnen. Sie fing an ihn zu beobachten und konnte selbst wenn er schlief ihre Augen nicht von ihm abwenden. Sie fühlte sich geborgen in seiner Nähe und verliebte sich jeden Tag mehr in ihn. Für Ashley war es nun nicht mehr einfach nur LIEBE, sondern ging weit darüber hinaus. Doch war es für ihn genauso? Sie hatte ihn die letzten fünf Wochen mit keiner anderen Frau mehr gesehen aber schließlich war sie ja nur am Wochenende da. Unter der Woche hätte es mehr als genug Gelegenheiten gegeben. Als sie ihn auf andere Frauen ansprach, meinte er nur, dass er während der ganzen Zeit vielleicht mit zwei, drei anderen Frauen Sex hatte. Was sollte sie denken? Eigentlich hatte er früher jedes Wochenende eine andere, seit SIE da war, nur zwei oder drei andere im Allgemeinen (falls das der Wahrheit entsprach). Mit allen war er im Bezug auf den Liebesbereich vorsichtig, das sagten ihr die Überbleibsel, die sich beim Aufräumen fanden, außer mit ihr. Sie bekam seinen Schlüssel, auch wenn er gar nicht da war......Nach insgesamt acht Wochen hielt sie es nicht länger aus. Irgendetwas musste geschehen, um Klarheit zu schaffen. Also begann sie einen Brief zu schreiben, indem sie ihre tiefsten Gefühle gestand.

Kapitel 6 *Der Brief*

Hei mein Retter in der Not! (lach)
Ich weiß nicht genau was ich dir schreiben soll. Ich dachte mir es ist günstiger als unzählige sms und da du immer so kaputt bist von deiner vielen Arbeit, deswegen oft nicht zurück schreibst, schreibe ich dir einfach einen Brief. Lesen tust du ja sehr gerne, genau wie ich...
Ich kann zwar kein ganzes Buch verfassen aber vielleicht schaffe ich es auf diesem Weg deine Aufmerksamkeit zu erwecken (grinz)
Ich habe diesen Brief gestern Abend geschrieben und bestimmt tausendmal wieder neu angefangen.....
Kannst du dich daran erinnern was du vor etlichen Wochen zu mir gesagt hast? Du meintest ich bin eine Freundin für dich und das macht mich glücklich! Ich möchte auch gerne eine Freundin für dich sein, eine sehr gute. Ich möchte für dich da sein, so wie du für so viele andere auch da bist. Ich möchte dich nie belügen, (von dem abgesehen könnte ich das auch gar nicht(rotwerd))
Du weißt das du für mich mehr als nur ein Freund bist und ich weiß, das ich für dich nie mehr sein werde, als nur eine Freundin oder sogar nur eine Bekannte bin. Ich habe dich in den letzten Wochen immer mehr kennen gelernt und dich wenn ich ehrlich bin auch ein wenig beobachtet. Ich kann nicht erklären warum aber du verwirrst mich, wenn du mir ein lächeln schenkst. Du brichst meine Schutzmauer und meine Selbstbeherrschung mit nur einer einfachen starken Berührung ein ohne dass ich etwas dagegen tun kann!
Du hast mir einfach so mein Herz Stück für Stück geklaut. Wenn ich dich anschaue während du dich im Schlaf erholst, muss ich lächeln und wünschte mir ich könnte mich einfach in deine starken Arme kuscheln, deine weichen Lippen, so wie alles andere an dir küssen. Es ist nicht einfach LIEBE, sondern geht weit darüber hinaus. Trotzdem bin ich glücklich, auch wenn es manchmal noch so schwer sein kann, eine Freundin für dich zu sein. Mein Sprichwort ist: "Lieber ein guter Kumpel als ein erzwungener Freund" weil Liebe keine Liebe ist wenn sie nicht 1000 Prozent erwidert wird. Das einzige was ich hoffe ist das du dich nicht zurück ziehst weil ich ehrlich zu dir bin!
Und du brauchst auch keine Angst haben das ich versuche andere Weiber von dir fern zu halten.......
Alles was ich will ist wenigstens eine gute Freundin für dich sein an der du auch mal jemanden hast bei der du dich auskotzen kannst wenn es dir schlecht geht oder mit der du reden kannst wenn dir langweilig ist,........
Ich weiß nicht was du machst wenn du den Brief gelesen hast. Ob du dich vor mir zurück ziehst, ob du einfach nur nicht antwortest und so tust als hättest du das nicht gelesen...... Aber egal was du tun wirst, es ist besser

als dir was vor zu machen. Am Freitag gehe ich mit einer Freundin auf einen Geburtstag. Falls du doch noch möchtest das ich danach wieder zu dir komme, dann schreib mir. Denn ich werde dich nicht fragen ob ich darf, sondern werde auf alle Fälle kommen wenn du mich von dir aus da haben möchtest!

Jetzt hoffe ich nur das du nicht wieder soviel erledigen musst und dich gemütlich ausstrecken kannst (ganz ganz ganz feste Umarmung+Kuss) vielleicht bis demnächst??!

Du weißt schon wer.

An einem Donnerstag hatte Ashley einen Termin in der Stadt, dafür wurde sie wenigstens eine Weile von der Schule freigestellt. Dies war die perfekte Gelegenheit um Matthew unbemerkt den Brief vor die Tür zu legen, da er um diese Zeit immer bei der Arbeit war. Nun hieß es, abwarten bis zum nächsten Wochenende. Es blieben ihr nur drei Möglichkeiten:

1. er meldet sich gar nicht mehr
2. es läuft weiter so wie es war oder
3. er empfindet genauso wie sie und hat nur Angst.

Wobei sie innerlich hoffte, dass erstens nicht passieren würde. Für den kommenden Freitag verabredete sich Ashley mit ihren Klassenkammeradinen Angelina und Jesse, da Jesse sie zu ihrem Geburtstag eingeladen hatte. Gleich nach der Schule fuhr Ashley mit zu Angelina. Kennengelernt hatten sich beide erst in der Schule, auf die sie zurzeit gingen. Angelina war genau der Typ Frau, mit dem Ashley besonderst gut klar kam. Sie war etwa so groß wie Ashley, genau so schlank, mit einem schmalen Gesicht das von ihren dunklen, glatten Haaren umrandet wurde. Auch Angelina wurde täglich über Matthew auf dem laufenden gehalten.

Nachdem sie etwas gegessen hatten und Angelinas Auto ausgeräumt hatten, machten sie sich auf den Weg zu Angelinas Freund, Lucas. Lucas war das passende Gegenstück für Angelina, fand Ashley. Etwas größer, dunkelblondes Haar, blaue

Augen und eine gute Figur. Perfekt. Zusammen beschlossen sie noch ein wenig einkaufen zu gehen und für das Abendessen zu sorgen, bevor sie sich auf den Geburtstag vorbereiteten. Nach einer ziemlich lustigen und rasanten Einkaufstour, in der Angelina und Ashley sich abwechselnd von Lucas im Einkaufswagen herumfahren ließen, machten sie sich auf den Heimweg um das Abendessen zu kochen. Mit gut gefülltem Magen und den passenden Outfits, machten sie sich schließlich auf den Weg zu Jesses Geburtstagsparty. Immer wieder starrte Ashley nervös auf ihr Handy. Plötzlich überfiel sie Panik. Was sollte sie tun, wenn er sich nicht meldet? Sie konnte und wollte nicht mehr ohne ihn sein! Hätte sie doch nur nicht diesen blöden Brief geschrieben, schoss es ihr durch den Kopf.

Bereits seit ein paar Stunden waren sie nun schon auf der Party und Angelina bemerkte schnell, das Ashley den ganzen Abend mit den Gedanken bei Matthew war. So kam sie auf die Idee, ihren Freund Lucas zu Ashley zu schicken. "Hey Schatz, tu mir doch bitte einen Gefallen und rede mit Ashley. Vielleicht kannst du sie auf andere Gedanken bringen und sie ein wenig aufheitern. "sagte Angelina zu Lucas. „Ich kann es ja mal versuchen, schick sie einfach mal zu mir. Ich warte draußen vor der Tür."antwortete er. Ohne zu wissen um was es ging und ein wenig überrascht, folgte Ashley Angelinas Aufforderung, zu Lucas nach draußen zu gehen. "Hey, was gibt's denn?" fragte Ashley. Lucas stellte sofort eine Gegenfrage:" Was ist denn los mit dir Ashley, ist es immer noch wegen Matthew?" Ashley brachte kein Wort mehr heraus. Sah man es ihr denn wirklich sooo an? "Komm, lass uns ein Stück laufen" unterbrach Lucas die bedrückende Stille. Als sie ein Stückchen vom Haus entfernt waren lehnte Ashley sich gegen ein Auto. "Ich habe einfach nur Angst! Was ist wenn er sich nicht meldet? Ich weiß einfach nicht mehr was ich machen soll...." sagte Ashley. "Für so etwas bist du viel zu schade, Mädchen. Du bist so eine tolle Frau! Normal müsste man dich auf Händen tragen. Sieh dich doch mal selbst im Spiegel an. Du bist einfach viel zu gutgläubig..." redete Lucas los. "Und Naiv ich weiß" unterbrach ihn Ashley. "Ja und ein wenig Naiv. Mach dich nicht selbst kaputt, wegen so einem

Idioten, Ashley."

Ashley war gerührt, von dem, was Lucas über sie sagte aber warum konnte Matthew nicht dieser Meinung sein? Sie schluchzte und die Tränen kullerten unablässig, schwarz von ihrem Make-up, ihre Wangen hinunter. Lucas nahm sie fest in die Arme, versuchte sie zu beruhigen. Er redete immer weiter auf Ashley ein. Sie fing an, am ganzen Leib zu zittern.

Wieder im Haus angekommen, wurde Ashley schnell in eine Decke gewickelt und sie fing langsam an sich zu beruhigen. Ihre Freunde nutzen die Chance und versuchten sie abzulenken. Um den Geburtstag ihrer Klassenkammeradin nicht ganz kaputt zu machen, riss sich Ashley zusammen und tanzte mit ihren Freunden. Ab und zu gelang es ihr sogar, zu lächeln.

Der Geburtstag näherte sich dem Ende und Angelina, Ashley und Lucas machten sich auf den Heimweg. Fast zuhause angekommen, fing Ashleys Telefon an zu vibrieren. Total aufgeregt zog sie es aus der Tasche und für einen kurzen Moment, war sie enttäuscht als sie sah dass Cedric ihr geschrieben hatte. Cedric war ein großer, schlanker Mann, mit etwas längerem braunem Haar, das schräg über seine ebenfalls braunen Augen viel. Er war ein guter Kumpel von Matthew und mittlerweile auch von Ashley. Sie hatte ihn ebenfalls in der Unheilbar kennengelernt. *"Du kannst heute Nacht schon bei mir schlafen...."* lautete die SMS. Ashley war verwundert und wusste nicht weshalb Cedric ihr diese SMS geschrieben hatte. Gerade als sie zurück schreiben wollte, beschloss sie, doch lieber gleich anzurufen. "Ja?" meldete sich eine Stimme am anderen Ende. "Hei, du deine SMS, wie war die jetzt gemeint?" fragte Ashley. "Na so wie sie geschrieben ist" Ashley erstarrte, diese Stimme, am anderen Ende...das war nicht Cedric! "Matthew?"stotterte Ashley ins Telefon. "Ja?" antwortete Matthew. In diesem Augenblick war Ashley froh, dass es schon mitten in der Nacht war und keiner sah, dass sie puterrot angelaufen war. "Oh..., sorry...ich dachte Cedric hat mir die SMS geschrieben. Du hast keinen Namen darunter gesetzt." "Oh, stimmt. Hab ich vergessen..., und kommst du?" "Ja, ich bin so in einer halben Stunde da." "Ok, bis naher." Kaum hatte Mathew aufgelegt, bildete sich ein riesiges lächeln in Ashleys Gesicht. Ganz stürmisch, erzählte sie Angelina und Lucas, wer gerade angerufen hatte und Angelina fuhr Ashley auf direktem Weg zu Matthew. Naja, anstatt einer halben Stunde, benötigten sie jedoch eine volle Stunde. Lucas fühlte sich nicht mehr ganz so gut, so das Angelina immer wieder anhalten musste. Trotz allem, sprang Ashleys Herz in die Lüfte! Möglichkeit eins war ausgeschlossen.

Bei Matthew angekommen, sah Ashley gerade Cedric aus dem Hof fahren und sie plauderte kurz mit ihm, bis er meinte: "Jetzt geh aber hoch! Schau mal auf den Balkon, da wartet jemand auf dich." Ashleys Blick wanderte in Richtung Haus. Matthew stand am Geländer, schaute zu ihr hinunter und wartete. Sie lächelte Cedric mit leuchtenden Augen an und verabschiedete sich mit schnellen Schritten. Diese Nacht war für Ashley die schönste überhaupt. Sie liebten sich und Matthew drückte Ashley noch fester, als je zuvor, an sich. Er umarmte sie, wich ihr die ganze Nacht nicht von der Seite, zog sie immer fester an sich.

Kapitel 7   *Die bittere Wahrheit!*

Mit neuem Hoffnungsschimmer stand Ashley am nächsten Morgen auf, doch irgendetwas stimmte nicht. Matthew stand, ohne irgendein Wort zu sagen auf, zog sich an und ging zu seinem Vater, der gleich nebenan wohnte. Ashley zog sich währenddessen ebenfalls an und setzte sich an Matthews Computer, um nach zu schauen, ob sie Nachrichten bekommen hatte. Nach etwa einer Stunde kam Matthew wieder und meinte, er müsste gleich noch in die Stadt wegen seinem Handy das er sich gekauft hatte. Ashley kannte sich mit diesem Modell sehr gut aus und bot ihm an, alles einzustellen was er selbst nicht konnte. Leider wollte sie ihm dabei gleich eine Verknüpfung zum SMS schreiben einrichten und sah dabei zwei Anfänge von seinen Eingangs-Nachrichten. Beide begannen mit den Worten "Hei Schatz". Ein Kloos bildete sich in Ashleys Hals. Woran war sie nun an Matthew? Sie konnte einfach nichts mehr verstehen. Lautlos, ohne ein Wort zu sagen, gab sie ihm sein Handy zurück und setzte sich zurück an den Computer. Als sie jedoch die Unsicherheit nicht mehr aushielt, drehte sie den Stuhl in Richtung Matthew und fragte zögernd:" Woran bin ich nun eigentlich bei dir? Nach meinem Brief gab es drei verschiedene Möglichkeiten." Was danach folgte, konnte sie kaum glauben. "Ich habe nicht vor, an der jetzigen Situation etwas zu ändern." meinte er eiskalt, während er ein paar Sachen zusammen legte. Es war, als würde ihr jemand mit einem Pfeil direkt durchs Herz bohren. Ihre Kehle schnürte sich zusammen und sie konnte nichts mehr sagen. Schließlich drehte sie sich wider dem PC entgegen, aus Angst er könne die Demütigung und den Schmerz, den er ihr zufügte, in ihren Augen erkennen. Erst als er ging, schrieb sie ihm eine SMS mit dem Inhalt:

"Wenn du das willst, dann tu mir bitte einen Gefallen! Versuch nie wieder mit mir zu schlafen, denn du weißt dass ich nie verhütet habe, genau wie du und irgendwann hast du sonst ein Problem. Was würdest du dann tun?"

Es kam keine Antwort zurück. Die Zweite Nacht lag Ashley mit dem Rücken zu Matthew, er umarmte sie und schmiegte sich an ihren Körper. Als sie schliefen, hielten sie sich beide Hand in Hand fest in den Armen. Der Sonntag brach an und kurz nachdem Ashley erwacht war, verschwand Matthew auf den Geburtstag seiner Mutter. Sie hatten kaum miteinander geredet und nachdem Ashley sich die Zeit mit putzen vertrieben hatte, legte sie sich ins Bett um fernzusehen, bis sie abgeholt wurde. Kurz darauf schlief sie ein. Während sie schlief, betrat Matthew die Wohnung, schaute sie an und musste lächeln, einen Moment später verließ er die Wohnung wieder. Als Ashley erwachte wusste sie nicht ob sie geträumt hatte oder ob Matthew wirklich noch einmal da gewesen war. Mit schwerem Herzen zog sie die Wohnungstüre hinter sich zu und alles was ihr blieb waren Erinnerungen, Bilder und die Frage "*Warum?*" Wie es in Zukunft weitergehen würde, wusste sie nicht. Sie wusste aber eins ganz genau, sie würde den Kampf nie aufgeben können, egal wie sehr sie es versuchte.

Sie wurde von ihrem eigenen Spiel gefangen, indem die Regeln nun er bestimmte!

Kapitel 8 *Peinlich das Fettnäpfchen!*

Es war kaum zu glauben. Die letzten Wochen, in denen alles anfing, waren wie im Flug vergangen. Die Weihnachtszeit rückte immer näher und in der Stadt wurde nun der jährliche Weihnachtsmarkt eröffnet. Ashley hatte die Nacht von Sonntag auf Montag bei ihrer Cousine Joey verbracht. Naja, eigentlich war Joey nicht ihre richtige Cousine, sondern eher so etwas wie angeheitert. Doch egal wer danach fragte, antworteten beide immer, dass sie Cousinen seien. Joey war ein paar Jahre jünger als Ashley und etwas kleiner. Sie hatte kurze schwarz-rote Haare und blau-grüne Augen, eine ausgesprochen wohlgeformte Oberweite, wie Ashley fand und den passenden Körperbau dazu. So richtig Kontakt hatten beide jedoch erst wieder durch die Unheilbar bekommen, wo sie sich jedes Wochenende gesehen hatten. Von beiden Frauen war Ashley als das absolute Partygirl und Joey als aufgedrehtes, lautes und verrücktes Huhn bekannt. Während Ashley ihre Vorlieben eher dem tanzen widmete, war Joey der absolute Singstar. Ihre Stimme verzauberte Ashley immer wieder aufs Neue obwohl Joey immer und überall lauthals los sang. Beide zusammen ergaben das "perfekt chaotische Team". Das passte Ashley im Moment sowieso super, da ihre Freundin Seline Momentan eher wenig Zeit für sie hatte seit sie mit ihrem neuen Freund zusammen war. Ashley hatte Steve an ihrem Geburtstag in der Unheilbar kennengelernt. Er war etwas größer als Ashley, ziemlich Muskulös, hatte kurze braune Haare und grau-grüne Augen. Einfach zum Anbeißen! Ashley hoffte, das sie vielleicht mit ihm eine Zukunft haben könnte, glücklicher als mit Matthew. Doch nach einer Weile merkte Ashley das Matthew der einzigste Mann war, für den ihr Herz schlug. Da Seline schon, beim danach folgenden Zusammentreffen, andeutete wie toll Steve sei, beschloss sie kurzerhand die beiden zusammen zu führen. So konnte Ashley wenigstens zwei glückliche Gesichter sehen.
"Oh man, heute geh ich wieder zu mir nach Hause Joey. Ich bin noch so kaputt von Gestern." sagte Ashley zu Joey. Nachdem Ashley vor zwei Wochen bei Matthew gegangen war, war sie

total niedergeschlagen und hatte beschlossen am nächsten Wochenende nicht zu ihm zu gehen. So kam es, dass sie ein total chaotisches Wochenende erwartet hatte. Zwar ging sie wie üblich in die Unheilbar, hatte jedoch am Freitag und Samstag so viel aus Frust getrunken, das sie am Sonntagmorgen total erschöpft in einer fremden Wohnung erwachte. "Hey Ashley, na wie geht's dir? Wo bist du überhaupt? Du warst gestern auf einmal weg." sagte Joey am anderen Ende der Leitung. Ashley war an dem besagten Wochenende mit Joey und Kim zusammen in die Unheilbar gegangen. Kim war eine Freundin von Joey, die schon älter war wie sie und schon zwei Kinder hatte. Kim konnte man immer dabei haben wenn man Spaß haben wollte. An diesem Abend jedoch hatten sich die drei Frauen irgendwie aus den Augen verloren. Ashley fühlte sich total erschöpft, alles drehte sich um sie herum. Sie schien vom Vorabend immer noch betrunken zu sein und ihre Hände zitterten. Mit zusammen gekniffenen Augen sah sie sich um und alles was sie Joey antworten konnte war:" Ich habe keine Ahnung! Ich liege auf irgendeinem Sofa und da hinten steht eine Schlafzimmertüre offen, wo so ein Typ schläft." Während diesem Satz wurde ihr ganz unwohl. "Warte, ich packe meine Sachen und hau schnell ab, bevor der Typ aufwacht. Danach rufe ich dich an und sag dir bescheid wo ich bin." "Alles klar, ich hol dich dann, bis gleich!" hatte Joey geantwortet. Glücklich darüber wieder bei ihrer Cousine zu sein, entschied sie in dieser Nacht bei ihr zu bleiben. Da der Weihnachtsmarkt schon begonnen hatte und Ashley nun nur noch mehr gefrustet war, zogen sich beide kurz um und gingen zum Glühwein trinken. Danach war Ashley der Meinung, sich endlich ein wenig auszuruhen würde ihr gut tun, also ging sie am Montagnachmittag nach Hause. Obwohl sie so richtig müde war, konnte sie nicht einschlafen. Im Fernseher kam ebenfalls nichts interressantes und das Buch das sie bei Matthew ausgeliehen hatte, hatte sie schon zu Ende gelesen. *Ok, ich rufe Matthew jetzt einfach an und frage ihn, ob ich den zweiten Teil des Buches holen kann* sagte sie sich. Als Matthew den Hörer abnahm, schien er wie ausgewechselt. "Hey, klar kannst du vorbei kommen. Sagen wir......so in einer Stunde? Ok, bis naher." Ashley konnte nur verwundert vor sich hin starren. Mit einer solchen Reaktion hätte sie nicht gerechnet. Eine Stunde später, nahm sie vorsichtig Matthews Buch, um keine Knicke in die Seiten zu machen und packte es in eine Tasche. Nun musste Ashley jedoch erst noch ihren Vater Mike überreden sein Auto zu bekommen, da sie sich selber ja kein Auto leisten konnte. Ashleys Vater war etwas kleiner als sie, hatte kurzes dunkelblond gelocktes Haar, das an der Stirn schon etwas nach ließ und hellblaue Augen. Während ihre Mutter Cindy eher eine großgewachsene Frau wie Ashley war, mit dunkelbraunem, schulterlangem Haar und braunen Augen. "Däd, hättest du etwas dagegen, wenn ich mir kurz dein Auto leihe? Ich würde so in einer Stunde wieder kommen." "Ja, von mir aus. Aber pass auf beim fahren." antwortete ihr Vater. Bei Matthew angekommen, öffnete er unten schon die Türe. Ashley ging als erste voraus in die Wohnung, wo sie noch mehr Verwunderung überfiel. Alles sah so AUFGERÄUMT aus. Im Wohnzimmer fand sie einen viel größeren Tisch als sonst vor und mitten drin stand ein großer Kuchen. Langsam setzte sich Ashley ins Wohnzimmer, während sie sich aufmerksam umsah. "Schau, da steht der zweite Teil des Buches und...... ahh, warte deine Ohrringe liegen noch im Bad. Die hast du vergessen. Willst du vielleicht die Orange auch mitnehmen, die ist von meiner Mum aber ich mag das Zeug nicht....." plapperte Matthew los. Ashley verstand gar nichts mehr, wobei sie bei ihm eh NIE etwas verstand! "Sag mal, bekommst du heute noch Besuch? Hier sieht es so aufgeräumt aus!" fragte Ashley lächelnd um etwas lockerer zu werden. Matthew blieb abrupt in seiner Bewegung stehen und sah sie an. Oh Gott! Erst jetzt erschien ihr alles Sinn zu machen. Seine gute Laune, die saubere Wohnung, der Kuchen...."Hast du heute Geburtstag?" stotterte sie und spürte wie ihr die Röte in den Kopf stieg. "Ja". In diesem Moment klingelte es an der Tür und Ashley entkam ihrer peinlichen Situation. "Ach du meine Güte, bist du doof! Verdammt, so was ist mir ja noch nie passiert, wie peinlich" nuschelte Ashley vor sich hin. An ihrem Geburtstag war er der erste gewesen der ihr geschrieben hatte. Als Matthew wieder das Wohnzimmer betrat stand sie schnell auf und umarmte ihn. "Na wenn das so ist" lächelte sie ihn an "alles Gute zum Geburtstag." "Danke" antwortete Matthew etwas perplex. Gerade als Ashley sich wieder auf das Sofa setzte, betrat Cedric die Wohnung. Ashleys Mundwinkel verzogen sich zu einem breiten Grinsen und sie rief in den Flur hinaus: "Na, sieh mal einer an. Du schon wieder." Ashley und Cedric hatten in der letzten Zeit immer öfter Kontakt. Sie telefonierten ab und zu ein paar Abende miteinander, mailten sich oder trafen sich mal auf einen Kaffee. Ashley konnte richtig super mit Cedric reden und sich vorstellen das sie einmal sehr gute Freunde werden könnten. "Was heißt da, ich schon wieder?" antwortete Cedric mit einem gleich breiten Grinsen im Gesicht. Nachdem er Jacke und Schuhe ausgezogen hatte, begrüßten sie sich und plauderten alle zusammen über die Quiz Show die gerade im Fernsehen lief. Gleichzeitig bot Matthew beiden Kuchen und etwas zu trinken an, dass Ashley dankend ablehnte. Weil sie geradezu immer ablehnte was Matthew ihr anbot, meinte sie schnell:" Sorry, ich kann eh nicht so lange bleiben. Mein Däd wartet auf das Auto.

In der Zwischenzeit war Ashley richtig froh darüber, da sie im laufe des Gesprächs erfahren hatte, das Phillip mit seiner Freundin, sowie noch ein paar andere Leute auf dem Weg zu Matthew waren. Hier wollte sie wirklich nicht dazwischen sitzen. Vor allem da sie ja eigentlich nicht eingeladen war, sondern sich sozusagen selbst eingeladen hatte. Als Phillip und seine Freundin dann eintrafen, blieb Ashley noch auf eine Zigarette und verabschiedete sich dann von allen. Was ihr an diesem Abend besonderst aufgefallen ist, war das Matthew sich das erste Mal auf das gleiche Sofa wie Ashley setzte. Matthew besaß ein langes Sofa, ein kurzes und einen Sessel, alles in einem Ozeanblauen Farbton. Erst setzte er sich auf die Lehne, dann direkt neben Ashley und dann sofort wieder auf die Sofalehne. Sie war ein wenig verwundert aber sie genoss seine Nähe. Gegen den späten Abend hin, ging Ashley wieder zu Joey, denn von der Stadt aus war es wesentlich leichter zur Schule zu kommen. Diesesmal unternahmen die beiden nichts mehr. Stattdessen erzählten sie sich Geschichten aus ihrem Leben, wobei Ashley ihrer Cousine gleich ihren peinlichen Abend bei Matthew schildern konnte. Am Dienstagmorgen fühlte sie sich ganz und gar nicht gut und so rief Joey für Ashley in der Schule an und entschuldigte sie. Nachdem sie bis zum Späten Nachmittag geschlafen hatte, fühlte Ashley sich etwas besser. Den restlichen Tag verbrachten Joey und Ashley gemeinsam in ihrem Stamm Kaffee. Gegen Abend fing Ashley an sich zu fragen, ob sie es wagen konnte, Matthew einmal unter der Woche zu fragen ob sie etwas zusammen machen. Sie beschloss ihn einfach zu fragen ob sie sich im Kaffee treffen sollten, um zusammen etwas zu trinken. Als die Zustimmung von Matthew kam, freute sie sich riesig. Doch da sie noch eine ganze Weile auf ihn warten musste und sie schon länger mit ihren Freundinnen im Kaffee war, schrieb sie Matthew spontan eine zweite SMS:

-Was hälst du davon, wenn wir uns nicht im Kaffee treffen, sondern ich zu dir komme und wir gemütlich einen Film zusammen anschauen?-

Matthews Antwort kam sofort:

-Ja klar, ist mir sowieso lieber. Heute Abend kommt "Ein Sommermärchen", den wollte ich sowieso anschauen.....-

So war der Abend ausgemacht und Ashley freute sich schon darauf. Es war zwar nur ein Film über die Fußball Weltmeisterschaft wie sich später herausstellte aber der Abend versprach gemütlich zu werden. Als Matthew ihr dann mitteilte, dass er auf dem Weg nach Hause war, verabschiedete sie sich von ihren Freundinnen und ging. Nach etwa zehn Minuten hatte sie seine Wohnung erreicht. Matthew war bereits zu Hause und öffnete die Türe. "Hei, der Film fängt gleich an. Mein Kumpel ist auch mit gekommen." begrüßte Matthew sie. Ein wenig enttäuscht dass sie den Abend nicht allein mit Matthew verbringen konnte, begrüßte sie Matthew und seinen Kumpel während sie Jacke und Schuhe ablegte. Diesesmal setzte sich

Ashley zusammen mit Matthew auf das lange Sofa, da Matthews Kumpel sich auf dem kleineren ausgebreitet hatte. Zusammen sahen sie den Film an. Für den Aspekt dass der Film sich um Fußball handelte, gefiel er Ashley ausgesprochen gut. Am Ende des Films holte Ashley den zweiten Teil ihres Buches, das sie zufällig dabei hatte, heraus und fing an zu lesen. Matthew tat es ihr gleich und griff ebenfalls nach einem Buch das er gerade las. "Ihr seit schon lustig! Der Fernseher läuft und ihr sitzt davor lest in euren Büchern." meinte Matthews Kumpel. Ashley musste lächeln aber ging nicht weiter darauf ein. "Macht doch nichts. Das ist normal." antwortete ihm Matthew. Mit der Zeit wurde Ashley immer müder und da am nächsten Tag auch wieder Schule war, klappte sie ihr Buch zusammen und meinte zu Matthew: "Kann ich hier schlafen oder soll ich wieder in die Stadt zu Joey?" Matthew legte seinen Finger an die Zeile die er gerade lass und antwortete: "Ist mir egal." "Wie, ist dir egal? Dir ist immer alles egal. Du musst doch wissen ob du mich da haben willst oder ob du lieber willst das ich gehe." erwiderte Ashley. "Ist mir egal! Wenn du da bleibst ist das ok, wenn du gehen willst ist das auch ok." und damit beendete er das Gespräch. Ashley überlegte noch kurz. Warum konnte er nicht EINMAL sagen was er wirklich wollte. Aber lieber sie hier bleiben als jetzt noch einmal in die Kälte hinaus zu gehen. "Also dann. Gute Nacht Jungs, ich geh ins Bett." verabschiedete sich Ashley, wobei ihr nicht entging das Matthew daraufhin unwillkürlich grinste. Sie schlenderte ins Schlafzimmer, stellte einen Musiksänder an dem kleinen vorhandenen der dort stand, ein und legte sich schlafen. Matthew kam eine Weile später ebenfalls hinzu und kuschelte sich an sie. Arm in Arm schliefen beide ein.
Wild hämmerte jemand am nächsten Morgen an die Schlafzimmertüre. "Aufstehen! Das Kind ist unterwegs, wir müssen gehen!" schrie Matthews Kumpel hinter der Tür. Erst ein paar Minuten später bekam Ashley mit, dass eine Freundin der beiden ein Kind erwartete, das gerade unterwegs war. Sie selbst hatte noch ein wenig Zeit liegen zu bleiben bevor sie von ihrer Klassenkammeradin zur Schule abgeholt wurde. Auch

Matthew schien es nicht eilig zu haben und blieb weiterhin mit Ashley im Arm liegen. Als es auch für sie Zeit war aufzustehen, quengelten sich beide aus dem Bett bereiteten sich für den Tag vor. Ashley verabschiedete sich noch kurz und machte sich auf den Weg.

Kapitel 9 *Die Angst um Matthew*

Bis Freitag blieb Ashley bei Joey. Während dieser Zeit ging sie mit Joey jeden abend in ihr Lieblings Kaffee. Ab und zu kamen auch andere Freundinnen der beiden mit und immer wieder fing Ashley an mit Matthew zu mailen. Es schien alles wieder in Ordnung zu sein und wie üblich erkundigte sich Ashley bei Matthew ob sie das kommende Wochenende wieder bei ihm verbringen könnte.

-Nein, bin nicht da...bin zuerst auf einer Weihnachtsparty......schau danach in die Unheilbar und geh dann zu einem Kumpel. Bei dem müssen wir morgen noch was machen.....-

kam als Antwort SMS. Naja, dagegen konnte Ashley ja nichts machen und noch mal alleine bei ihm schlafen wollte sie nicht unbedingt. Das ging beim letzten Mal leicht in die Hose. Matthew hatte ihr den Haustürschlüssel gegeben, das sie nach der Unheilbarnacht zu ihm nach Hause gehen konnte um dort zu übernachten während er ein Stück weiter Weg bei jemandem auf Besuch war. Leider passte der Schlüssel jedoch nur in die Wohnungstüre aber nicht in Haupteingangstür. So kam es, das Ashley nach ihrer Partynacht, da Matthews Bruder Darel nicht an sein Handy ging, morgens um fünf Uhr bei Phillip klingeln musste. Phillip war jedoch alles andere als begeistert, morgens um fünf Uhr von Partygirl Ashley aus dem Bett geklingelt worden zu sein. Gerade als Ashley versuchte mit dem Schlüssel Matthews Haustüre auf zu bekommen, kam Phillip herab, tobte sie wütend an und verschwand wieder nach oben in seine Wohnung. Die ganze Situation war ihr mehr als peinlich gewesen und bevor Matthew am nächsten Morgen nichts ahnend auf seinen Bruder traf, rief sie ihn an und erklärte ihm was geschehen war. "Das war ja nicht gerade eine tolle Aktion aber keine Angst, ich werde ihn schon wieder beruhigen!" hatte er freundlich gesagt. "Danke" antwortete Ashley "ich hoffe du hast noch nicht geschlafen. Tut mir echt leid dass es so gelaufen ist."

Ein paar Tage später hatte sie Phillip zur Versöhnung eine ältere Flasche Wein mit einer Entschuldigungs-Karte gebracht. Sie war richtig froh dass er über die Sache nicht mehr sauer war.

Als Ashley am Freitagabend wie üblich mit Joey und Kim in die Unheilbar ging, feierte sie in vollen Zügen. Cliff legte wie immer eine perfekte Stripshow auf der Theke hin. Jedes Wochenende trug er ein anderes Outfit. Entweder Minirock und Oberteil, Lederhosen mit freiem Hinterteil, Kleid oder Weihnachtskostüm....., sowie die passenden Damen Schuhe dazu. Alles sorgte für gigantische Stimmung, wenn er sich von einer Ecke der Decke, über eine kleine Seilbahn schräg zur Theke in Richtung Stange gleiten ließ, tanzte und sich zum krönenden Abschluss heißes Wachs über die Brust goss. Cliff war ein großer Mann mittleren alters, mit langem blonden Haar und blauen Augen denen seine Brille noch mehr Ausdruck verlieh. Im Großen und Ganzen war er sehr stramm gebaut, hatte jedoch schon ein kleines Bäuchlein. Ob vom Bier oder von etwas anderem das wusste niemand so ganz genau. Neben seiner Aufgabe als Teil-Chef der Unheilbar, insgesamt waren es drei, spielte er noch in einer Band mit. Wer soviel auf einer Bühne steht, muss sich natürlich einen Künstlernamen einfallen lassen. Cliffs Künstlername machte ihm alle Ehre. Er nannte sich Rosaline B, kurz gesagt Rosi B. Aber wie jeder Mensch besaß er natürlich auch noch einen normalen Job. Ashley plauderte immer wieder mal mit Cliff und kam sehr gut mit ihm aus. Sie tauschten manchmal die Kleider und hatten auch vor einmal zusammen Einkaufen zu gehen. Mit Cliff konnte man einfach jeden Blödsinn anstellen. Ab und zu schwang sie sogar auf der Theke das Tanzbein mit ihm zusammen. Es kam sogar schon vor das sie sich in ihrem Lieblings Kaffee über den Weg gelaufen sind. Nachdem Ashley schon ein paar Stunden gefeiert hatte, entdeckte sie Matthew und Cedric. Sofort begrüßte sie die beiden und ging mit Matthew nach unten. Ashley und Matthew holten sich etwas zu trinken, tanzten und plauderten miteinander. Nach ein paar Gläsern mehr, sprach Matthew sie das erste mal seit langem auf ihre SMS an, die sie damals geschrieben hatte, als Matthew ihr eiskalt berichtet hatte, das er an der jetzigen Situation nichts ändern möchte. Aus irgendeinem Grund erwähnte er nochmals, dass er mit anderen Frauen immer verhütete. Und schon begann eine Diskussion.

"Ich weiß das du verhütest, ich räum die Dinger ja immer weg!" sagte Ashley, worauf Matthew antwortete:" Das waren nur zwei! Du hast nur zwei weggeräumt!"

Hoppla, er hatte also doch bemerkt das Ashley sogar unter dem Bett aufgeräumt hatte.

"Du könntest dich übrigens ruhig auch mal bei mir melden!" meinte Ashley nach einem kurzen Themawechsel. "Wieso, du kannst mir ja auch schreiben." "Na toll! Du schreibst ja eh so gut wie nie zurück!" "Das liegt daran das ich eine andere Flatrate habe als du!"

Ashley hätte Matthew für sein blödes Grinsen am liebsten gleichzeitig umarmt und geschlagen, aber das gefoppte gefiel ihr. Kurz bevor Ashley wieder zu Joey und Kim schauen wollte, erklärte ihr Matthew dass er heute Nacht bei Cedric übernachten würde. Auf dem Weg nach oben lief ihr Cedric auch schon über den Weg. So vernarrt wie Ashley in Matthew war, fiel ihr keine blödere Idee ein als sich vor Cedric dumm zu stellen und zu fragen ob sie heute Nacht bei ihm schlafen könne, da Matthew ja nicht zuhause sei. "Sorry, aber ich bin heute Nacht lieber alleine." antwortete er. *Misst, aber ein Versuch war es wert.* Wer von beiden sie nun angelogen hatte wusste sie nicht genau, aber das war ihr momentan sowieso egal.

Ashley sah wie Matthew die Treppe herauf kam. Er lehnte sich vor sie an das Treppengeländer und sie fingen an sich weiter zu unterhalten. Zu Joey und Kim, wo Ashley ursprünglich hin wollte, kam sie nun doch nicht mehr. Kurz darauf erblickte sie den Typen bei dem sie das Wochenende zuvor erschrocken aufgewacht war. Da sie nicht unbedingt unhöflich sein wollte und er sie ohnehin schon entdeckt hatte, sagte sie kurz hallo und wechselte ein paar Sätze mit ihm. Puh, das war überstanden. So konnte sie sich wenigstens wieder Matthew widmen. Gerade als Ashley etwas zu Matthew sagen wollte wusste sie plötzlich nicht mehr was in diesem Moment geschah. Matthew bekam mit voller Wucht eine Faust ins Gesicht gedonnert. Der Typ mit dem

Ashley sich noch vor wenigen Sekunden unterhalten hatte, ging auf einmal ohne einen erklärbaren Grund auf Matthew los. Nachdem Ashley aus ihrer Erstarrung erwachte und realisierte was gerade geschah, versuchte sie Matthew der mittlerweile mit blutiger Nase auf dem Boden lag, von diesem Typen zu befreien. Die Türsteher kamen ihr zuvor und beförderten beide Jungs nach draußen. Immer noch total aufgewühlt stürmte Ashley den beiden hinterher. Was zur Hölle war auf einmal los? Als sie sich endlich nach draußen gedrückt hatte schrien die beiden sich nur noch an. "Was sollte denn die Aktion? Bist du eigentlich total bescheuert? Du blödes Arschloch…!" schrie Ashley wutentbrannt den Typen an. Während Ashley Matthew verteidigte und diesen Typen vor allen Leuten anbrüllte und schubste, lief Matthew mit zügigen Schritten wieder in die Unheilbar. Als Ashley bemerkte das Matthew davon lief brach sie ihren Wasserfall von Beschimpfungen ab und ging ihm hinterher. In diesem Moment wollte sie nur noch nach Matthew schauen. *Oh nein! Warum musste das nur passieren? Was hat denn dieser Blödmann nur für ein Problem? Hoffentlich geht es Matthew gut*.......dachte sie nur. Matthew ging zur Toilette und wischte sich vor dem Spiegel seine blutige Nase ab. Ashley wusste nicht so genau was sie sagen sollte. "Geht es dir gut?" fragte sie zögernd. "Ja, geht schon wieder" meinte Matthew und blickte sie kurz an, schaute auf sein blutverschmiertes Hemd und rannte aus der Toilette in Richtung Bar. Ashley versuchte ihn einzuholen aber auf einmal sah sie ihn nicht mehr. Schuldgefühle breiteten sich in ihr aus. Ging es ihm auch wirklich gut oder sagte er das nur um sie zu beruhigen? Überall versuchte sie ihn zu finden doch er war wie vom Erdboden verschluckt. *Er wird doch nicht noch einmal zu diesem Typen sein*.......Tränen liefen ihr über die Wangen. Wo war er nur? Alle die Ashley kannten versuchten sie zu beruhigen doch sie war einfach viel zu aufgewühlt und krank, vor Sorge um Matthew. Zum Zweiten mal lief sie nach draußen, sah wieder diesen Typen und schrie ihn nochmals an. Gerade als sie nicht mehr weiter wusste und nach drinnen ging, entdeckte sie Matthew wieder am Treppengeländer. Er war zu Hause gewesen, um sich

etwas anderes anzuziehen. Mit langsamen Schritten ging sie auf Matthew zu, bis sie direkt vor ihm stand und ihm nur verzweifelt in die Augen schauen konnte. Matthew streckte seine Hand aus, hielt Ashleys Wange und zog sie näher, bis sie sich direkt in die Augen sahen. "Hey. Du kannst da wirklich nichts dafür, glaub mir!" sagte er zu ihr. In diesem Moment war Ashley alles egal und so küsste sie ihn zärtlich vor allen Leuten. Sie wollte ihm wenigstens ein wenig von dem Schmerz nehmen und ihm so zeigen, dass sie immer für ihn da ist. "Kannst du mal nachsehen wo Cedric ist?" Fragend blickte sie Matthew an. "Ok." sagte sie langsam und machte sich auf die Suche nach Cedric. Als sie diesen endlich fand sah sie jedoch Matthew nirgends mehr. Cedric und Ashley machten sich auf die Suche nach Matthew und als sie sich kurz darauf wieder trafen berichtete ihr Cedric dass er Matthew gefunden hatte und ihn nun schnell nach Hause fahren würde. "Wartest du solange hier?" fragte Cedric. "Ja kann ich machen." Kurz nachdem Cedric gegangen war entschied sich Ashley doch schon jetzt zu gehen und rief Matthew an. "Hei, du hast gar nicht Tschüss gesagt. Sag Cedric dass ich doch schon gegangen bin." "Ja sorry, ich bin jetzt doch zu Hause. Du kannst schon zu mir kommen, ich lasse die Türe auf." "Ja ok, ich bin so in einer viertel Stunde da. Fünfzehn Minuten später kam Ashley bei Matthew an, der wie versprochen die Türe offen ließ. Als sie zur Haustüre hereinkam und ins Schlafzimmer blickte, schlief Matthew bereits. Leise machte sie sich bettfertig und legte sich zu ihm woraufhin er sich sofort an sie kuschelte.
Der nächste Tag lief sehr entspannt ab. Matthew und Ashley verbrachten den Tag damit sich entweder zu foppen oder zu kitzeln, dabei plumpste Ashley auch einmal wieder ins Bett zurück wo es auch gleich weiter ging. Sogar auf dem Sofa blieb keiner von den Kitzel Attacken nicht verschont. Gegen Abend musste Ashley dann auch mal wieder gehen und so fuhr sie Matthew nach Hause. Diesen ausgelassenen Tag mit Matthew würde Ashley nicht so schnell wieder vergessen. Eine Woche später hat sich Ashley mit Seline und Steve zu einem Theaterstück verabredet wo auch ihre Mutter und ihre Oma sich

ebenfalls verabredet hatten. Nach dem Theater war der Abend noch jung und so beschloss sie sich von ihrer Oma mit in die Stadt nehmen zu lassen um wieder einmal in der Unheilbar vorbei zu schauen. Matthew musste an diesem Abend wieder hinter der Theke arbeiten. "Hei, bist du heut zu Hause? Gehen wir später zusammen zu dir oder hast du Besuch?" erkundigte sich Ashley bei Matthew. Schließlich wollte sie sich ja nicht aufdrängen. " Das kann ich dir noch nicht sagen, ich weiß noch nicht ob ich heute zu Hause schlafe." Etwas enttäuscht, wie immer wenn Matthew nicht zustimmte sah sie sich nach ihren Freunden um. Wenig später erblickte sie auch schon Joey und Kim mit noch zwei anderen bekannten Gesichtern und so machten sie alle zusammen Party. Zwischendurch musste sie für Matthew Zigaretten holen die sie dann über den Abend verteilt zusammen rauchten. Um vier Uhr morgens wurde dann die Unheilbar geschlossen und Ashley unterhielt sich noch kurz mit Cliff bevor sie nach unten ging um auf Matthew zu warten der ihr immer noch keine Antwort gegeben hatte. Bis alles aufgeräumt war redete Ashley noch mit den Türstehern und scherzte mit einem der anderen Chefs herum von dem sie einen Cowboy-Hut aufhatte. Um halb sieben morgens war dann endlich die arbeit erledigt und Ashley fuhr mit Matthew zusammen mit einem Taxi nach Hause. Total verschwitzt und kaputt stellten sie sich zusammen unter die Dusche um sich zu erfrischen, auch im Bett kamen sie noch nicht zum Schlafen sondern liebten sich noch eine ganze Weile, dieses mal jedoch mit Verhütung. Gegen Mittag stand Matthew auf da er von seinem Vater zum Mittagessen eingeladen war. Währen Matthew weg war rief Ashley Joey an um wie immer Bericht zu erstatten. Als Matthew wieder nach Hause kam fragte er Ashley ob er sie vielleicht nach Hause fahren soll. "Ja, äh halt nein, ich muss noch ein paar Sachen bei Joey und einem Kumpel holen." antwortete Ashley. Matthew machte sich noch einmal auf den Weg aber als er wieder kam war Ashley es immer noch nicht geschafft ihre Sachen zu holen. Da sie auch am Abend noch sehr müde war lag sie mit geschlossenen Augen auf dem Sofa. "Du Schlafmütze!" sagte Matthew. Ashley öffnete die Augen. "Wer ist hier die Schlafmütze?" und lächelte. Ashley machte Matthew auf dem Sofa platz und sie schauten sich zusammen etwas über Sport an, das Ashley nicht wirklich interessant fand, und danach noch einen Film. "Was hältst du von diesem Film?" fragte sie Matthew. *Verwirrend* dachte Ashley aber wollte nicht gelangweilt wirken. "Faszinierend" antwortete sie woraufhin Matthew sagte:" Also ich find ihn ganz schon Verwirrend." Nun musste Ashley innerlich lachen aber ließ es sich nicht anmerken. "Hattest du nicht gesagt du wolltest noch irgendwo Sachen holen?" meinte Matthew. "Ja, später ich muss erst warten bis Joey wieder daheim ist." Als sie Joey anrief verabredeten sie gleich einen Zeitpunkt und trafen sich später zusammen mit Kim. Ashley packte ihre Sachen zusammen die sich im laufe der Zeit bei Joey angesammelt hatten und begleitete danach noch Kim nach Hause bevor sie von ihrem Vater am Bahnhof abgeholt wurde.

Kapitel 10 *Ein Hin und Her*

Ein neuer Tag hat begonnen und Ashley war auf dem Weg in die Stadt zum Handyladen, um ihr Telefon reparieren zu lassen. Unterwegs traf sie einen Klassenkammeraden der am selben Tag in der Schule gefehlt hat. „Hey, wo warst du denn heute? Hast du geschwänzt?" „Ja, ich hatte heute echt keine Lust." „Ja, das kann ich verstehen. Wir machen zur Zeit eh nichts! Also ich muss weiter, wir sehen uns." Gerade als sie sich verabschiedet hatte, sah sie Matthew vorbei gehen. Doch er war nicht alleine, sondern hatte weibliche Begleitung. Eifersucht kochte in ihr aber da sie nicht mit Matthew zusammen war, musste sie den Anblick wohl oder übel ertragen. Ashley benötigte wenig Zeit im Handyladen und hatte sich für den Rest des Tages noch nichts vorgenommen. Sie entschied sich nochmals über den Weihnachtsmarkt zu gehen. In der Hoffnung sie würde Matthew noch einmal sehen. Während sie über den Weihnachtsmarkt schlenderte, traf sie einen alten Freund. *Eigentlich könnte ich doch mit ihm zusammen über den Markt laufen, schließlich habe ich ihn schon lange nicht mehr gesehen und falls ich Matthew entdecke, sieht er mich ebenfalls in Begleitung. Was er kann, kann ich schon lange,* dachte sich Ashley. „Hey, schon lang nicht mehr gesehen. Hast du lust mit mir zusammen über den Markt zu laufen? Danach können wir ja noch irgendwo was trinken gehen." „Hey, na klar, gerne." antwortete er. Wie erhofft sah sie Matthew und seine Begleitung. Sie liefen direkt vor ihr in Richtung des Handyladens wo sie zuvor war. „Komm, lass uns in die Bar dort hinten beim Handyladen was trinken gehen," sagte Ashley sofort zu ihrem Kumpel. Genau in der selben Richtung endete der Weihnachtsmarkt und Matthew drehte mit seiner Begleitung um. Dabei entdeckte er Ashley und begrüßte sie. Ashley hatte so getan als ob sie ihn nicht gesehen hätte und hob erst den Kopf als er sie begrüßt hatte. „Hi." antwortete sie und lief weiter. Misst, warum hab ich nur gesagt das ich in diese Bar möchte. Matthew geht jetzt bestimmt in mein Stammkaffee. In zügigen Schritten lief Ashley zur Bar, so das ihr Freund Probleme hatte mit ihr Schritt zu halten. „Oh schau, da ist ja alles total überfüllt. So was blödes…. Aber wir können ja auch in mein Stammkaffee gehen!" sagte Ashley unauffällig. „Wegen mir, kein Problem." antwortete er. Im Kaffee angelangt war jedoch weit und breit keine Spur von Matthew und dieses mal konnte sich Ashley nicht mehr heraus reden. So suchten sie sich einen Tisch und bestellten etwas zu trinken. Fünf Minuten später betrat Matthew doch das Kaffee und Ashley war mehr beschäftigt ihn zu beobachten, als ihrem Kumpel zu zuhören. Matthew nahm seine Geldbörse aus der Tasche um zu bezahlen und Ashley tat es ihm gleich, so konnte sie beim Hinaus gehen auf sich aufmerksam machen indem sie sich verabschiedete. Noch am selben Tag hatte Ashley sich vorgenommen zu Matthews Vermieter zu gehen da sie mit Seline zusammen eine Wohnung sucht und im selben Haus eine Wohnung frei war, wie ihr Matthew erzählt hatte. Der Vermieter hatte im selben Haus auch seine Wohnung aber es wollte Ashley einfach nicht gelingen die Klingel zu finden. So rief sie Matthew an, der lachen musste und ihr versuchte zu erklären wo sie hin musste. Ashley hatte Glück, der Vermieter war zu Hause und so konnte sie Matthew nach ihrem Gespräch per SMS benachrichtigen wie alles gelaufen war. Um Seline die Neuigkeit zu berichten, da sie gemeinsam eine Wohnung suchten, holte Ashley sie im Anschluss vom Bahnhof ab und wartete mit ihr gemeinsam auf ihren Bus. Danach verabredete sie sich sofort mit Joey in ihrem Stammkaffee um auch ihr die Neuigkeit zu erzählen. Dabei ertappte sie sich bei dem Gedanken, *vielleicht ist Matthew ja immer noch oder wieder dort*, doch dies war nicht der Fall. In der Schule die Ashley besuchte mussten alle Schüler sich einen Praktikumsplatz suchen um wieder besser ins Berufsleben zu gelangen. Ashley fand einen Platz in einem Schuhgeschäft. Zwei Tage die Woche musste sie dort arbeiten, so wie auch heute. Um besser zur Arbeit zu kommen, übernachtete Ashley bei Joey. Nach einem langen Arbeitstag war Ashley fertig mit arbeiten und freute sich schon auf das Wochenende und den Abend in der Unheilbar. Diesmal gingen noch zwei Freundinnen mit von denen eine noch etwas jünger war. Da man aber erst ab einundzwanzig Jahren in die Unheilbar kommt kleideten und schminkten sie die Jüngste der Freundinnen, um sie etwas älter aussehen zu lassen, was ihnen gut gelang. Bevor sie jedoch aufbrachen, brachten sich Ashley, Joey und ihre zwei Freundinnen mit dem Spiel Singstar in die richtige Partystimmung. Matthew musste diesen Abend wieder einmal hinter der Theke arbeiten, deswegen verbrachte Ashley fast den ganzen Abend damit auf der Theke zu sitzen und lauthals mit der Musik mit zu singen. Hin und wieder alberte sie mit Matthew herum und bekam dabei auch einmal einen Eiswürfel ab, den er direkt in ihren Ausschnitt plumpsen ließ. Genau die richtige Erfrischung in so einem warmen Raum. Um vier Uhr war es schließlich an der Zeit zu schließen und Ashley machte sich zusammen mit Matthew auf den Heimweg. Zuhause angekommen duschten sie sich beide und fielen im Anschluss direkt ins Bett, wo sie sofort einschliefen. Am Samstag Morgen hatte Ashley, genau wie Matthew, wenig Lust aufzustehen. So blieben sie liegen, schalteten den kleinen Fernseher an, kuschelten sich zusammen und liebten sich. Gegen Nachmittag beschloss Matthew endlich aufzustehen um auf den Wertstoffhof zu fahren. „Willst du mit kommen? Dann holen wir danach Seline ab das ihr die Wohnung zusammen anschauen könnt." sagte Matthew. „Mmhhh...... Ja, das hört sich gut an." Bei Seline angekommen, kam sie schon zur Tür heraus gesprungen. „Hey ihr zwei, danke dass ihr mich abholt. Sollen wir bevor wir die Wohnung anschauen noch in die Stadt was trinken gehen?" Ashley und Matthew sahen sich an. „Klar, können wir schon machen." antwortete ihr Matthew. „Aber dann muss ich davor noch mal zu dir und mich umziehen. So kann ich nicht in die Stadt gehen." bestätigte auch Ashley. „Oh, Pflänzchen muss sich richten! Du siehst doch gut aus." erwiderte Matthew. Nachdem sie etwas trinken waren beschlossen Seline und Ashley schon voraus zu laufen, so das Matthew nicht hetzen musste. Sie hatten Glück, der Vermieter war zu Hause. Als alles besprochen war gingen sie zusammen in den ersten Stock, um die leere Wohnung an zu schauen. Matthew beobachtete sie vom Fenster aus und zwinkerte ihnen zu. Die Wohnung gefiel beiden auf anhieb und der Vermieter wollte ihnen kurz nach Weihnachten bescheid geben. Matthew hatte sich bereit erklärt Ashley nach Hause und Seline zu ihrem Freund zu fahren. „Hast du deine Ohrringe Ashley?" fragte Matthew. „Du kennst sie aber schon gut!" erwiderte Seline mit einem lächeln, das Matthew zur Bestätigung, nur erwidern konnte.

Am späten Nachmittag meldete sich Joey bei Ashley: „Hallo, hast du lust mit ins alte Haus zu kommen, da übertragen sie das Fußballspiel?" „Klar, können wir schon machen, bin mal gespannt wer heute gewinnt." „Alles klar, dann bis gleich." beendete Joey das Telefongespräch. Eine halbe Stunde später saßen sie schon in der Kneipe und warteten auf die Spielübertragung. Kurz vor Anpfiff betrat Matthew die Kneipe und schenkte Ashley kurz darauf einen langen Blickkontakt. *Ach ist das schön, ich bin hier mit meiner Cousine, hab was zu trinken, schau mir das Spiel an und Matthew sitzt nur ein paar Meter entfernt. Da kann der Abend ja nur noch besser werden...* dachte sich Ashley. Als es dunkel wurde machte sich Ashley fertig für die Unheilbar und schrieb nebenher mit Matthew. Seline holte sie mit ihrem Freund ab, da ihre kleine Tochter dieses Wochenende bei ihrem Vater war. Es war ein Abend wie jeder andere doch heute fühlte sich Ashley nicht sehr wohl. „Hey Matthew. Du mir geht's heute irgendwie nicht gut. Kann ich deinen Schlüssel haben und zu dir nach Hause gehen?" fragte sie deshalb Matthew. „Du, bei mir ist heute nicht" bekam sie zur Antwort. Also blieb ihr nichts anderes übrig als sich ins Auto zu setzen, wo ihr Seline Gesellschaft leistete. Bis halb vier Uhr morgens saßen sie im Auto und unterhielten sich, als Joey an das Fenster klopfte. „Hey Ashley, warst du schon mal wieder drin? Deine Freundin Angelika sitzt auf Matthews schoß!" Wutentbrannt stieg Ashley aus dem Auto aus und ging nach drinnen. Erst Richtung Toilette um einen kurzen Blick auf Matthew zu haben und als sie ihren Kumpel entdeckte auf die Tanzfläche um sich einen Überblick zu verschaffen. Während sie das tat, überlegte sie gleichzeitig was sie gegen die Situation tun konnte. Sie lief direkt neben Angelika vorbei zu einem Freund aber diese bemerkte sie nicht einmal. Plan B musste her, also rief sie auf Angelikas Handy an. Angelika sah auf ihr

Handy-Display, schaute sich in der Unheilbar um und rief Ashley zu sich als sie sie entdeckt hatte. Schnell drängelte sich Ashley zwischen Matthew und Angelika um ihre Freundin mit einer Umarmung zu begrüßen, während sie innerlich vor Wut kochte. Sie konnte sich noch Haargenau an den Abend mit Franziska erinnern und genau wie Franziska, wusste auch Angelika über Ashleys Gefühle bescheid. Während des ganzen Schauspiels holte Matthew schon einmal ihre Jacken. Ashley half Angelika SELBSTVERSTÄNDLICH in ihre Jacke und zog sie im Anschluss noch mit zu zwei Freunden bei denen sie sich verabschiedeten. Wie gedacht landete Angelika bei einem der Freunde auf dem Schoss und flirtete. Er war Walter, ein etwas molliger Fußballer aus dem Ort aus dem auch Ashley kam, daher kannte man sich zwangsläufig. Aus dem Augenwinkel konnte Ashley Matthews Gesicht sehen, dem die ganze Situation gar nicht gefiel. Er versuchte sich jedoch nichts anmerken zu lassen. „Kommt ihr zwei, lasst uns gehen." meinte Matthew. Draußen verabschiedete sich Ashley von ihren Freunden, noch immer mit der Ungewissheit was nun passieren würde.

Schließlich ging sie nicht mit Matthew alleine, sondern Angelika schwankte gackernd nebenher. Ashley hatte Glück, als schon fast die Hälfte der Strecke erreicht war verabschiedete Angelika sich endlich von den beiden. „Bist du sicher das du alleine gehen möchtest?" fragte Matthew sie noch, aber Angelika hatte genug und zog alleine weiter.

Den Rest der Strecke verbrachten Ashley und Matthew stillschweigend. Nur ein einziges mal meinte Matthew amüsiert: „Dich hört man ja mit den Schuhen in der ganzen Stadt." „Naja, was soll ich jetzt machen? Ausziehen und Barfuss weiter laufen?" antwortete Ashley mit einem grinsen und ihre Schuhe hallten weiter durch die Stadt.

Kapitel 13 Zum Letzten mal verletzt!

Nachdem sie an einem weiteren Abend, es war Weihnachten, Matthew abermals mit einer anderen Frau in der Unheilbar sah, bemerkte wie sie sie ansahen und über sie sprachen, tat ihr dies so weh das sie versuchte einen Abschluss zu machen. Nur noch diesen einen Abend musste sie überstehen. Es fiel ihr schwer und sie beobachtete die beiden immer und immer wieder. Durch ihr Outfit am heutigen Abend bekam sie jedoch viel Aufmerksamkeit geschenkt, was für reichlich Ablenkung sorgte. Sie hatte sich nur für diesen Abend ein langes, samtrotes Kleid, mit einem weißen Wuschel an Kragen und Ärmeln gekauft, dass einen langen Schlitz vom Boden bis zur Hüfte besaß. Am Ende des Abends sah sie Angelika nur noch von Matthew zu Walter wechseln und wieder zurück.

Der nächste Morgen brach an. Noch völlig verschlafen rieb Ashley sich die Augen, schaute sich in ihrem Zimmer um und dachte noch einmal an den gestrigen Abend. Dann ergriff sie ihr Handy und schrieb:

Wer hat gestern das Spiel noch gewonnen? Reute oder Mittelbiberach?

Drückte auf **Angelika senden** und wartete. Nachdem Angelika diese SMS überhaupt nicht kapieren wollte, musste ihr Ashley erst mal erklären wie sie es meinte.

Na, Walter spielt in Reute Fussball und Matthew in Mittelbiberach. Wer von den beiden durfte dich abschleppen?

Prompt kam eine Antwort:

Was soll das denn jetzt, bist du bescheuert, das geht dich gar nichts an!

Ashley hob zufrieden den Kopf und entschied in diesem Moment. *Ich werde nie wieder zu Matthew gehen und deswegen auch nie mehr wegen ihm leiden!*

Ab diesem Tag ging sie wieder zur Schule um wieder ins Berufsleben zu kommen und so schaffte sie es nach einiger Zeit Filialleitung eines Schuhgeschäftes zu werden. Die Arbeitsstelle bekam sie weil sie sich bereit erklärte nicht in Biberach zu bleiben sondern eine Filiale in Bayern zu übernehmen. Drei Monate lebte sie in Bayern versuchte neue Bekanntschaften zu schließen und hatte einen neuen Freund. Doch richtig glücklich konnte sie nicht sein da sie Matthew immer noch nicht loslassen konnte. So zerbrach auch diese Beziehung. Kurz bevor Ashley beschloss wieder nach Biberach zurück zu kehren war sie auf den Geburtstag ihrer besten Freundin eingeladen, an diesem Abend hatte Ashley seit langem wieder sehr viel Spaß. Noch in derselben Nacht kam es zu einem One Night Stand aber auch mit diesem Mann konnte sie keine Beziehung führen. Ein paar Tage später rief Ashley ihren Boss an und erklärte ihm dass sie sich in Bayern nicht wohl fühlte und deshalb beschlossen hatte wieder nach Biberach zurück zu kehren. So war ihre Kündigung abgeschlossen und sie musste nur noch ihre Kündigungsfrist einhalten. Durch den ganzen Stress den sie die letzten drei Monate mit der Filiale und mit ihren Gefühlen zu bewältigen hatte bemerkte sie erst sehr spät das sie schon lange ihre Regel nicht mehr bekam. Am Morgen darauf dann der Schock! Ashley kam aus der Toilette ins Büro ihrer Filiale, kreidebleich ließ sie sich auf einen Stuhl sinken und zündete sich eine Zigarette an. "Was ist denn mit dir los?" Fragte Denise, eine ihrer Arbeiter die sich sorgen um ihre Chefin machte. Ashley drückte ihr ein kleines Röhrchen in die Hände. Denise sah sich den Gegenstand an, hob langsam ihren Kopf und meinte:" Herzlichen Glückwunsch, du bist schwanger!" Ashley erinnerte sich nur schwer an den Abend der Geburtstagsfeier und plötzlich drehte sich alles um sie herum. Was sollte sie nur machen? Sie hatte keinen Job mehr. Wie sollte sie ihren Eltern nur erklären dass sie ihre Arbeitsstelle gekündigt hatte und auch noch schwanger war? Sie wurde Krank und fuhr zurück zu ihren Eltern wo sie noch ihr eigenes Zimmer besaß, sie beichtete ihnen zwar das sie gekündigt hatte aber das sie schwanger war wollte sie noch für sich behalten, vor allem da sie sich noch nicht im klaren war ob sie dieses Kind überhaupt behalten wollte. Das alles war jedoch nicht genug , als Ashley ihren Eltern erzählte das sie Großeltern werden würden freuten diese sich zwar aber schon kurz darauf kam es zu einem großen Streit bei dem sie am Ende ging. Die darauf folgenden zwei Monate lebte Ashley entweder bei Freundinnen oder übernachtete in ihrem Auto, während sie nebenher mit den Ämtern kämpfte um eine eigene Wohnung zu bekommen. 16 Monate sind inzwischen vergangen seit sie versucht hatte mit Matthew ab zu schließen und heute hat sie einen Wundervollen kleinen Sohn. Eine Wohnung hat Ashley nun auch, jedoch war die einzigste freie Wohnung die sie bekam genau Wand an Wand mit Matthew.

Ein neuer Lebensabschnitt!

Es ist Samstagabend und Ashley hat sich zum Ersten mal nach ihrer Schwangerschaft mit ihrer Freundin in die Unheilbar verabredet. Ihr kleiner Sohn Tyler war zuhause und schlief während eine Cousine von Ashley auf ihn acht gab. "Ich freu mich so dass wir mal wieder was zusammen machen" sagte Ashleys Freundin. Der Abend verlief locker und lustig und als sie sich schon fast auf den Weg nach Hause machten fing Ashley ein Gespräch mit der Freundin von Matthews Bruder an. "Hey du wohnst doch genau neben Matthew, wie hältst du das nur aus?" meinte Carmen. Ashley wusste genau was Carmen meinte. "So du weißt also bescheid was zwischen ihm und mir alles vorgefallen ist?" "Ja und seine Freundin weiß bis heute nicht das er nebenher auch was mit dir hatte." Nun kamen in Ashley alle Erinnerungen wieder hoch und sie verstand. Damals als sie bei ihm war und zwei Mädels ebenfalls im Wohnzimmer saßen hatte Matthew sie gebeten doch bitte nicht zu erwähnen das sie etwas miteinander hatten. Er muss schon zu diesem Zeitpunkt auch mit ihr etwas gehabt haben, wie dumm sie doch war. "Ich wusste bis eben auch nicht dass Matthew auch mit ihr eine Affäre hatte!" antwortete Ashley. "Ich war eben einfach nicht die richtige für ihn." Als sie diesen Satz sprach wurde ihr klar dass sie nun endlich abgeschlossen hatte.

Fünf Monate später traf Ashley durch Zufall einen alten Freund wieder den sie drei Jahre zuvor, als er aus dem Osten in den Westen Deutschlands zog, kennenlernte. Er hatte ungefähr die gleiche Größe wie Ashley und schöne breite Schultern, die ihn sehr männlich wirken ließen. Sein markantes, junges Gesicht mit den kurzen schwarzen Haaren und den leuchtend grünen Augen, schienen geradezu magisch anziehend. Er berichtete Ashley das er im Moment in Scheidung lebe und aus seiner Ehe auch ein mittlerweile schon sechsjähriger Junge entstanden war, den er über alles liebte. Bei der Verabschiedung am späten

Abend meinte Ashley zu Andrew:" Schon komisch, das wir uns ausgerechnet jetzt wieder treffen." und reichte ihm schmunzelnd ihre Nummer. Seit diesem Zeitpunkt verging kein einziger Tag an dem sie ihre Zeit nicht mehr zusammen verbrachten und schon nach einem Monat waren sie unzertrennlich geworden. Jedoch verlangte Andrew´s Arbeit viel von Ashley ab, da er sehr oft wegfahren musste. Manchmal auch für Aufenthalte die bis zu zwei Monate gingen. Auch gab es viele schmerzhafte Momente sowie Streit. Gelegentlich schienen ihr diese sogar so unerträglich, das sie am liebsten aufgegeben hätte. Doch hier, in diesem neuen Abschnitt ihres Lebens, hatte sich etwas sehr stark verändert. Trotz aller Höhen und Tiefen, die sie in der Liebe zu Andrew empfand, war es unmöglich ihn je wieder zu verlassen. Denn er war nicht nur zum Vater ihres Sohnes geworden. Der wesentliche Unterschied war, das er sie ebenso liebte wie sie ihn!

Sie hatte das Spiel mit der Liebe verloren und eine neue, die wahre Liebe gefunden, die mit beiden Kindern nun der wichtigste Teil ihres Lebens geworden war.

Ende

Herstellung und Verlag:
Books on Demand GmbH, Norderstedt
ISBN 978-3-8391-5422-9